世界被

細音啓

Illustration neco

Vol. 4

Phy Sew lu, ele tis Es feo r-delis uc I.

The Beast to Punish The Founder

遺忘了？

神罰之獸

Kadokawa Fantastic Novels

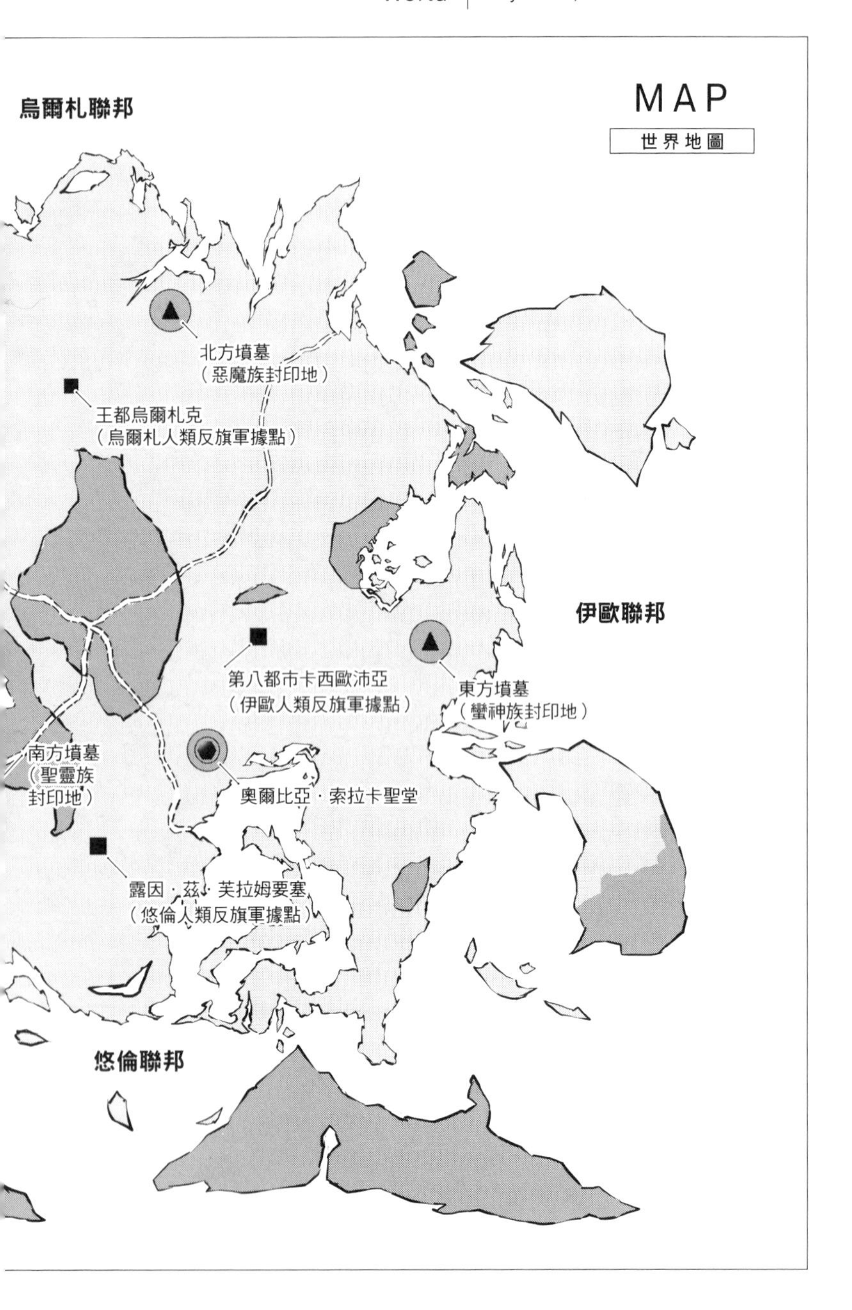
MAP
世界地圖
烏爾札聯邦
北方墳墓
（惡魔族封印地）
王都烏爾札克
（烏爾札人類反旗軍據點）
伊歐聯邦
第八都市卡西歐沛亞
（伊歐人類反旗軍據點）
東方墳墓
（蠻神族封印地）
南方墳墓
（聖靈族
封印地）
奧爾比亞・索拉卡聖堂
露因・茲・芙拉姆要塞
（悠倫人類反旗軍據點）
悠倫聯邦

為何我的世界被遺忘了？

Phy Sew lu, ele tis Es feo r-delis uc l.

神罰之獸

Vol. 4

Kadokawa Fantastic Novels

「這是給妳的懲罰。鈴娜，
妳竟敢藏著這對翅膀不讓我知道，真是個壞孩子。」
靈光騎士
貞德
Jeanne
在正史和凱伊是青梅竹馬的少女。在這個世界則是率領人類的男裝麗人。

「妳、妳在做啥咪……啊、啊哈哈哈哈哈——！」
天魔
鈴娜
Rinne
不屬於任何一種種族的神祕少女。與凱伊相遇後，便開始跟他共同行動。

「真懷念啊。」

電流般的惡寒。
前所未有的惡寒，
竄過凱伊的全身。
凱伊
Kai
被世界遺忘的少年。
繼承了英雄希德之劍
和武技。

Characters
Phy Sew lu, ele tis Es feo r-delis uc l.
「不管你說的先知是誰，
我就是這個世界的希德。」
荒野的傭兵王
阿凱因·
希德·
柯拉特拉爾
這個世界的「希德」之一。疑似知曉世界的真相。
Archine
Sid
Collateral

「命運？事到如今還要依靠那種因果？」

牙皇

拉蘇耶

領導幻獸族的英雄。
在紅獅子(Manticore)中力量特別
突出的突然變異體(Singularity)。

Rath=IE

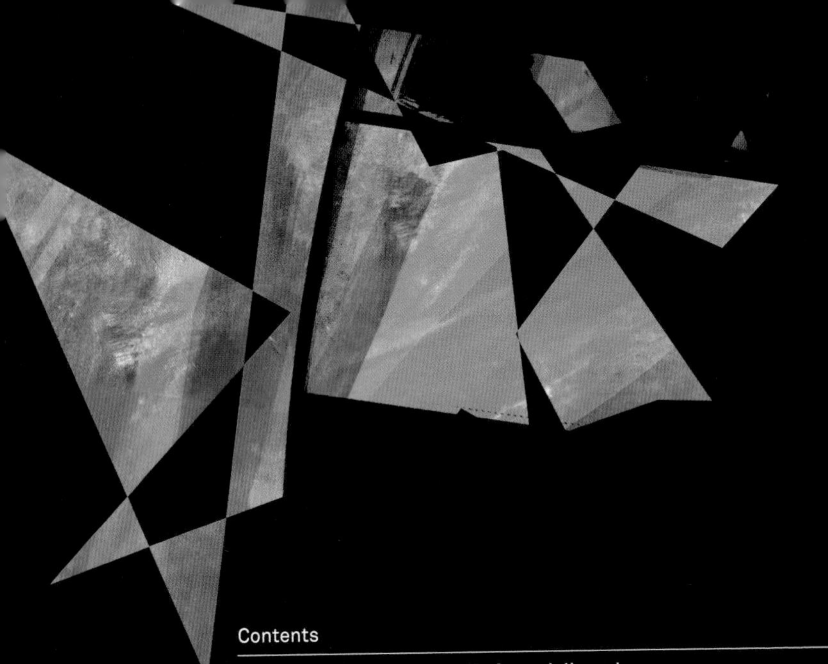

Contents

Phy Sew lu, ele tis Es feo r-delis uc l.

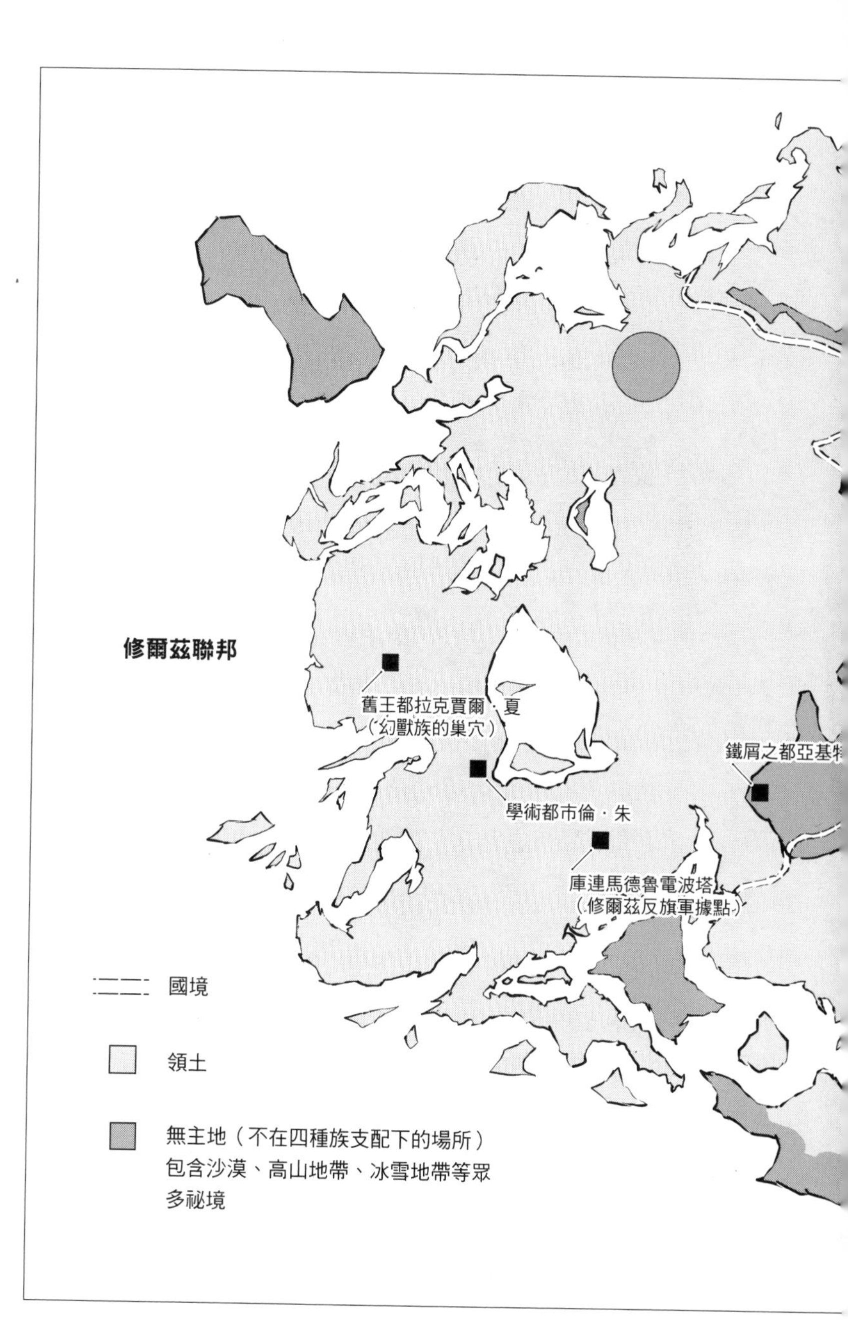
修爾茲聯邦
舊王都拉克賈爾．夏
（幻獸族的巢穴）
學術都市倫．朱
庫連馬德魯電波塔
（修爾茲反旗軍據點）
鐵屑之都亞基特
國境
領土
無主地（不在四種族支配下的場所）
包含沙漠、高山地帶、冰雪地帶等眾
多祕境

Characters

登場人物

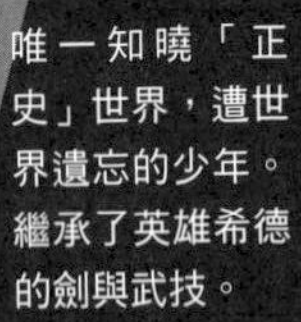

凱伊

唯一知曉「正史」世界，遭世界遺忘的少年。繼承了英雄希德的劍與武技。

鈴娜

天魔少女。原沉眠於不應存在於「別史」世界的「惡魔墳墓」之中。

Jeanne

貞德

在「正史」世界裡是凱伊的青梅竹馬；而在「別史」世界裡則是有靈光騎士之稱，威望過人的男裝麗人。

Story

故事

人類在五種族大戰中獲勝的世界，突然在少年凱伊面前遭到「覆寫」。凱伊在人類敗給其他種族的世界，成了被所有人遺忘的存在，遇見命定的少女鈴娜，繼承英雄希德的劍與武技，和靈光騎士貞德等人共同擊敗惡魔英雄「冥帝」凡妮沙，趁著這股氣勢踏上解放人類的旅途。凱伊一行人在精靈的幫助下，於伊歐聯邦打倒蠻神族英雄，在悠倫聯邦則得到意想不到的對象——聖靈族英雄「六元鏡光」的協助，擊敗切除器官。剩下的只有幻獸族英雄拉蘇耶，這個世界的謎團卻愈來愈多。

1

「凱伊！怎麼會這樣……不可以。你別死！」
露因・茲・芙拉姆要塞——
號召要解放人類的人類反旗軍，位於南方悠倫聯邦的據點中。
二樓。炙熱陽光照進的房間，響起金髮少女鈴娜的尖叫聲。
「欸，回答我呀。凱伊，凱伊……」
躺在床上的，是一名有著深藍色頭髮的少年。
名為凱伊的少年閉著雙眼，裹著薄毛毯。沒有回應。也沒有睜開眼的跡象。
「凱伊……」
「太遲了。」
微弱的聲音自鈴娜口中流洩而出，擁有一對尖耳的少女蕾蓮，在她背後喃喃說道。

少女身材嬌小、相貌可愛，遠比人類長的耳朵和晶瑩剔透的白皙肌膚並非人類，而是精靈的特徵。

「人類（凱伊）沒救了。放棄吧，鈴娜。」

「怎麼會！」

「老身也沒料到竟然會發生這種事……」

「我說，真的沒辦法救凱伊嗎！」

鈴娜抓著精靈巫女蕾蓮，緊咬下脣。

「只要能救凱伊，我什麼都願意做！」

「嗯。剩下一個辦法。」

蕾蓮先指向鈴娜，接著指向她們所在的房間。

「有個在精靈鄉流傳的蘇生咒術。」

「那……要怎麼用……」

「鈴娜，汝在這褪去全身的衣物，在沉睡的凱伊前面唱歌、跳舞，不斷奔跑。維持三天。半刻都不許停下。」

「在這裡？」

「正是。」

「脫光就行了嗎？」

「對。然後持續詠唱蘇生的咒文。」

「知道了！為了救凱伊，我什麼都————」

「住手啊啊啊啊————！」

毛毯「啪唰」一聲飛到空中。

本來在享受平靜的午睡時間的凱伊從床上跳起來，全力制止正準備脫衣服的鈴娜。

「凱伊，你沒事了嗎！」

「我只是在睡午覺，還能有什麼事……」

「可是聽說你發燒了。」

「一點點而已。原因也查明白了，很快就會好。」

凱伊安撫著擔心地仰望自己的鈴娜，望向在後面竊笑的精靈巫女。

「蕾蓮，妳也別鬧鈴娜了，幫忙講幾句話吧。」

「嗯——？哎，可以說是不幸中的大幸吧。精靈的靈藥對人類而言本就是劇藥，算汝運氣好，喝下去的副作用只有稍微發燒。」

「……連妳這個調藥的人都不知道副作用是什麼嗎？」

「嗯。老身也不知道！」

蕾蓮用力點頭，看似毫不愧疚。

精靈的靈藥——

凱伊以前所在的正史世界也有這種藥，不過實際喝過它的人類，歷史上應該沒幾個。更進一步地說。

喝過為人類調製的精靈靈藥的人，全世界想必只有凱伊一個。

『要是汝得用那副身軀與聖靈族交手，可就傷腦筋了。』

『因此老身才想破例為汝調製半天即可治好那傷口的靈藥。』

左肩的傷口。

事情發生在凱伊抵達悠倫聯邦前。一行人於伊歐聯邦內的精靈森林遭遇幻獸族，與之交戰，凱伊在那場戰鬥中受了傷。

巨獸貝西摩斯——

幻獸族英雄拉蘇耶派出的斥候十分強大。若凱伊不挺身而出，人類反旗軍想必會受到重大的損傷。

「我很感謝妳治好我的傷口，不過……」

「是吧？人類可治不好那個傷。若汝一直帶著傷，可能會影響跟幻獸族的戰鬥。」

「喂，平胸精靈！」

鈴娜穿回脫到一半的衣服，抓住蕾蓮的背。

「妳這個大騙子！」

「怎、怎麼？剛才的法術可是在精靈鄉流傳已久的——」

「我說的不是那個。妳明明說過給凱伊喝的藥沒有副作用！」

「……哎，我也沒料到。」

精靈的靈藥對人類而言是劇藥。

凱伊雖然也明白，他還真沒想到連調給人類喝的靈藥，都會有發燒這種副作用。

「老身沒說不會有影響。再說，老身從未幫人類調製過靈藥，僅僅是發低燒，已經該慶幸了吧？」

「是沒錯……」

「喔，想到一個好主意。」

蕾蓮拍了下手。

「老身來幫汝調製退燒藥。這樣問題就解決了。」

「妳做得出那種藥啊？」

「可是副作用會變成咳嗽不止。」

「那有什麼用！」

「止咳的靈藥老身也會先做好。不過會有全身發寒的副作用。」

「有沒副作用的藥嗎？」

「恐怕沒有。」

精靈巫女乾脆地搖頭。

「將咱們的靈藥藥效減弱至人類可以飲用，會變得與人類的藥物無異。調製者的技術如何，端看能否在維持強力效果的同時，盡量減少副作用。」

「……光聽妳這樣說還滿有道理的。」

「有道理吧？但汝的身體狀況暫且不提，那些人不曉得在磨蹭什麼。」

蕾蓮轉頭望向房間的窗戶。

她扶著窗框，抬頭凝視要塞最上層的尖塔。

「還沒決定前往西方的修爾茲聯邦嗎？要不就咱們幾個去也行。跟那個叫人類反旗軍的組織共同行動，只會害老身覺得悶。」

「我贊成。欸，凱伊，人類再繼續變多，我也不會高興喔。」

「跟我說也沒用……」

蕾蓮是蠻神族，鈴娜則是多種族的混血。

兩者都是原本與人類互不相容的存在。

同行的人類反旗軍傭兵增加，對她們來說不僅不會令人心安，甚至會有接近「煩躁」的心情吧。

……我到精靈鄉的時候也覺得很不自在。

……可以理解她們的感受。

鈴娜和蕾蓮在傭兵面前都必須裝成人類。推測這也是她們不想和人類反旗軍同行的原因之一。

「那個怪物，是叫切除器官嗎？」

精靈巫女悶悶不樂地嘆氣。

「明知操縱那傢伙的是幻獸族（拉蘇耶）英雄，竟得在這種荒郊野外駐足……」

「還沒確定是拉蘇耶做的。」

「十之八九是吧？」

蕾蓮看著窗外。

「主天（艾弗雷亞）閣下性格不變前，天使們親眼目擊牙皇（那斯）侵入伊歐聯邦。那隻黏稠生物不也說了，牙皇（那斯）攻進了悠倫聯邦，企圖殲滅聖靈族嗎？」

「嗯。我也記得六元鏡光說過。」

凱伊點頭，將外套披在肩上。

雖然他因為精靈靈藥的關係還有點發燒，反正有鈴娜跟蕾蓮在房間，也沒辦法好好睡午覺。

……不過，這是什麼感覺？

……發燒導致身體使不出力，五感卻敏銳得嚇人。

隔著牆壁都能清楚聽見傭兵在房外走動的聲音。

這也是靈藥的力量嗎？

喝下蘊含精靈法力的藥，讓人類的肉體暫時擁有法力。只不過，寄宿於體內的法力會對人體造成什麼樣的影響，似乎有個人差異。

「凱伊，貞德還在開會嗎？」

「跟悠倫人類反旗軍的巴爾蒙克指揮官一起。要去西方（修爾茲）的話，得先通知修爾茲人類反旗軍才行。」

「老身就是不滿這一點。」

蕾蓮拿凱伊午睡的床當椅子，用力坐到其上。

「蠻神族（咱們）有事要討論的時候，會召集所有同胞。包括精靈、矮人、妖精，若有需要，連天使都會找來。毫無隱瞞。人類卻喜歡由少數人做決定，為什麼？」

「這樣比較快。」

「這可不行！」

蕾蓮指向凱伊。

「快速下達結論是在無視其他人的意見。有些問題得所有人一同討論，才得以解決。人類為何如此著急？」

「那是因為蠻神族——不，沒事。」

因為蠻神族遠比人類長壽。

凱伊將差點脫口而出的話吞回去。

精靈、矮人、妖精、天使。

屬於蠻神族的四種族，都是長壽種。

如蕾蓮所說，聽說蠻神族有時甚至會一滴水都不喝，將近一個月不眠不休，都在討論事情。

……還有，惡魔的壽命也差不多長。

……聖靈族和幻獸族就不清楚了，因為資料太少。

「總而言之，迅速下決定也很重要。尤其是跟這次一樣，準備遠征的時候。」

「我倒是無所謂。我不介意由貞咪他們自己做決定呀。」

鈴娜躺到床上。

蕾蓮也一樣，看來這兩個人養成了一有機會，就會占據自己（凱伊）的床的習慣。

「因為我討厭複雜的話題。也不喜歡待在狹窄的會議室。」

「老身也不想被人類圍住。不過啊，至少告訴咱們討論過程才符合禮儀吧……唔？」

精靈巫女抖了抖長耳。

「喂～凱伊，你在嗎～」

「你在幹嘛啦阿修蘭！就跟你說了凱伊發燒，正在休息。貞德大人不是說如果他在睡覺，就讓他好好休息嗎！」

「啊……糟糕。」

是青年錯愕的聲音，以及斥責他的少女聲音。

都是從房門外的走道上傳來的。

「喂、喂。他會不會被我吵醒……」

「人家哪知道。為了以防萬一，要敲門看看嗎？」

「——沒關係。我醒著。」

凱伊在敲門聲響起前打開房門。

「莎琪、阿修蘭，你們找我有事嗎？」

兩人是烏爾札人類反旗軍的傭兵。

給人一種輕浮感的高大青年是阿修蘭；另一位橘髮嬌小少女是莎琪。

他們都是凱伊在「這個世界」重逢的為數僅少的友人。

——不過。

——他們倆都不記得正史世界的自己（凱伊）。

「喔喔，太好了，你醒啦。臉色看起來也不怎麼差。」

阿修蘭露出放心的表情，對凱伊身後的兩位少女揮手。

「嗨，玲娜跟蕾蓮也別悶在房裡，偶爾跟我出去散散步如何？」

「是說別管這傢伙了。話說凱伊，有招集喔。」

莎琪用手肘戳著阿修蘭的側腹這麼說道。

「貞德大人在召集人類反旗軍的隊長級。他說如果你醒了，順便叫你過去。」

「那我呢？」

「老身呢？」

「妳們也是。巴爾蒙克指揮官有話跟妳們說。一樣在那間會議室。」

「我馬上收拾東西過去。呃……」

他粗略掃了室內一眼。

不過，凱伊的私人物品並不多。在這個世界購買的少量衣物及通訊機。還有從正史世界帶過來的槍刀「亞龍爪」跟它的子彈。

……略式亞龍彈剩六發。

……略式精靈彈剩下兩發啊。

他帶過來的子彈即將耗盡。這是對凱伊來說最迫在眉睫的煩惱，目前卻想不到解決方式。

「凱伊，槍刀可以不必帶。」

「這是我的習慣。我不想讓它離身。」

「唉……人家之前就覺得你明明不是傭兵，怎麼比咱們更像傭兵呀。心態之類的。」

「常有人這麼說。」

莎琪嘆了口氣，凱伊不禁差點露出苦笑。

他準備走出房間的瞬間。

「凱伊，那那個呢？」

鈴娜指向放在桌子角落的舊項鍊。

墜鍊──

墜子的部分是可開關式，可以在打開來的空洞部分放藥或照片。這種飾品並不罕見。墜子也是廉價的鍍金墜飾，沒有寶石之類的昂貴裝飾。

「要放在這邊嗎？還是人家幫你看著？」

「……我帶在身上。」

他用手指勾住墜鍊，把它拎起來。

「喂喂凱伊，你什麼時候開始戴這種時髦的東西？」

「裡面放了藥。用來防止我肩膀的傷化膿的。」

眼尖的阿修蘭表示疑惑，凱伊輕描淡寫地回答。

看來兩位傭兵沒有聽見鈴娜剛才細微的說話聲。

「莎琪，會議室在三樓對吧？」

「對對對。貞德大人和巴爾蒙克指揮官在那邊等，還有雙方的人類反旗軍隊長也都在待

命。」

「知道了。」

凱伊對鈴娜和蕾蓮使了個眼色，離開房間。

露因·茲·芙拉姆要塞，三樓。

過去用來給王族居住的宮廷的其中一間房間內，宛如獅子咆哮的宏亮聲音響徹四方——

「讓諸位久等了！」

北方的烏爾札聯邦及南方的悠倫聯邦。

一名壯漢環視精挑細選出來的傭兵隊長們，大喊道。

「好吵！」

「這什麼噪音！」

會議室最後方。

聽覺比人類更敏銳的鈴娜和蕾蓮同時摀住耳朵，當事人卻絲毫沒有要為她們顧慮的意思。

「終於跟西方（修爾茲）的米恩指揮官聯絡上了。儘管花了些時間接收通訊電波，我們迅速討論出了結論。」

南方（悠倫）的指揮官巴爾蒙克。

擁有獅子般的金髮和鬍子，故被人喚作「獅子王」。

整齊列隊的隊長們也都是強壯的精兵，巴爾蒙克的身高卻比他們高了一截，更有魄力。

「我想諸位也大概猜到了。修爾茲人類反旗軍全面同意我們的建議。」

獅子王的視線移到站在旁邊的另一名指揮官身上。

「貞德閣下，方便由我說明嗎？」

「嗯。照我們之前商量的做吧。」

北方的指揮官貞德。

在被惡魔族支配的烏爾札聯邦，成功奪回王都烏爾札克。甚至被譽為聯邦救世主的美麗青年。

在腦後紮成一束的銀髮光澤亮麗，相貌英氣凜然又美麗。深受民眾及傭兵支持的「靈光騎士」。

——還是個女扮男裝的大家閨秀。

——不過，在這個世界知道貞德是女性的人屈指可數。

而貞德她——

悄悄對坐在會議室最後面的自己使了個眼色。

「仔細聽好。我和諸位即將前往聯邦的『外面』！」

獅子王巴爾蒙克咆哮道。

「我們在前幾天的戰鬥中，意外與聖靈族的首領交戰，但那傢伙當時所說的話，諸位也記得很清楚吧。」

隊長們沉默不語。

可是沒人有要反駁的意思。

『下次再陪人類(你們)玩。停戰吧。幻獸族盯上了這座聯邦。』

『鏡光提議。』

廣大的悠倫聯邦草原上——

最古老的黏稠生物「靈元主」六元鏡光，對理應是長年以來的宿敵的悠倫人類反旗軍這麼說。

……不，只有人類單方面將她視為宿敵。

……聖靈族八成一開始就沒把人類放在眼裡。

當時連凱伊都懷疑自己聽錯了。

其他種族竟然提議跟人類聯手？

而且還是聖靈族？

據說聖靈族是最原始、沒有智慧的種族。凱伊、鈴娜，甚至連蠻神族蕾蓮都對此深信不疑。

然而事實上，在場的隊長們也都有聽見六元鏡光的提議。

「幻獸族的目標不只西方（修爾茲）。其他聯邦想必也被盯上了。」

接著開口的是貞德。

「在烏爾札聯邦的國境出現的是疾龍。我們也親眼看見巨獸（貝西摩斯）出現在伊歐聯邦。而另一件可以確定的事是，以目前的狀況來說，人類（我們）沒有力量同時對付聖靈族跟幻獸族。」

能確定幻獸族盯上了南方（悠倫）。

在這個前提下二選一——

要與聖靈族跟幻獸族為敵。

還是要和聖靈族聯手，先擊退幻獸族。

然而，前者如貞德所說，從現實角度來看是不可能的。

「我明白諸位對聖靈族積怨已深。我和諸位一路以來都是拚上性命，與聖靈族交戰。也有很多人將那些傢伙視為一輩子的敵人。我自己也是。」

獅子王巴爾蒙克接著說。

「不過，我決定應該先討伐幻獸族。」

嘈雜。

沉默至今的隊長們騷動起來。

「……指揮官。我以前也問過您這個問題，現在我想再問一次。」

一名壯年傭兵隊長戰戰兢兢地舉起手。

他大概也是在這座悠倫聯邦，賭命與聖靈族交戰的男人之一。

「我無法想像我們和聖靈族聯手。您的意思是，我們拿著槍跟幻獸族戰鬥的時候，旁邊會是那些傢伙？」

「不是。」

「那麼您所說的聯手是？」

「『別礙事』。我是這樣理解的。」

巴爾蒙克回答得毫不猶豫。

「蓋納茲隊長，我也為這道難題感到十分迷惘。不能保證聖靈族(那些傢伙)口中的『聯手』，意思跟人類一樣。」

「……是。」

「人類和聖靈族共同行動，向幻獸族宣戰。聽起來很美好，但八成不可行。因為不可能有辦法跟聖靈族召開正常的作戰會議。因此跟我剛才說的一樣。雙方都『互不妨礙』。」

人類自成一軍。

聖靈族自成一軍。

分頭前往修爾茲聯邦。完全不干涉對方。

「我們只會集結南方聯邦（悠倫）、北方聯邦（烏爾札）、西方聯邦（修爾茲）這三支人類反旗軍討伐幻獸族。不需要聖靈族的幫助。」

「……您有辦法跟他們溝通？」

「不知道！」

獅子王豪邁地說，對部下的不安一笑置之。

「我們可是爭鬥了好幾十年的敵人。再說口頭約定這種東西，連人類都經常互相違約吧。正因無法保證聖靈族會遵守約定，我前幾天在那片草原撤兵時，才剛跟六元鏡光說過。」

『人類（我們）有人類（我們）自己的做法。』

『我們跟幻獸族戰鬥時，千萬別來礙事。也不需要你們幫忙！』

「蓋納茲隊長，我記得當時你也在場。沒錯吧？」

「……是！」

「雙方都遵守這個約定叫『聯手』。聖靈族背叛的話就直接當成不算數。僅此而已。不是嗎？」

沒有人再反駁。

不是被他的氣勢震懾住，而是出於放心吧。

悠倫聯邦的士兵抱持的是恐懼。「太好了。傭兵（我們）可以不用直接跟聖靈族聯手」——既然這股不安已經消除，沒道理不聽從指揮官（巴爾蒙克）的決定。

「前往修爾茲聯邦的遠征隊，會是我和貞德閣下的共同部隊。」

總指揮官是貞德。

因為悠倫人類反旗軍缺乏跟聖靈族以外的種族戰鬥的經驗。

巴爾蒙克提議，該由和惡魔族、蠻神族、聖靈族交戰過的貞德擔任總指揮官。

「烏爾札人類反旗軍提供了我們一些技術，我已經命令工廠改造槍械。因為聽說幻獸族很耐打——等到裝備準備齊全就前往修爾茲聯邦。在那之前徹底執行訓練計畫。完畢！」

2

傭兵隊長們紛紛走出會議室。

由過去的舞廳改裝而成，放著桌椅的會議室被靜寂所籠罩。

「凱伊，我很感謝你願意起床參加會議，不過你燒退了嗎？」

貞德和巴爾蒙克一起走過來。

擔任護衛的女戰士花琳也跟在後面。

「聽說精靈靈藥的副作用還沒消退……」

「別擔心。妳看，我起來走動也沒問題。」

凱伊對面露擔憂的貞德輕輕點頭。

反正躺在床上休息也會被鈴娜跟蕾蓮吵醒。雖然這也占了一部分原因，不過凱伊並不覺得起床有多痛苦。

「你們也聽見了。終於跟西方聯邦交涉完畢。不過那邊的電波塔似乎損壞得很嚴重，通訊何時中斷都不奇怪。我想在那之前前去助陣。」

「設備經年劣化嗎？還是受到幻獸族的襲擊？」

「後者。以前電波塔好像被跟山一樣巨大的幻獸族一擊破壞掉……說實話，真不想面對那種怪物。」

貞德苦笑著說。

「回歸正題，如巴爾蒙克閣下所說，我們打算聯合北方聯邦（烏爾札）、南方聯邦（悠倫）、西方聯邦（修爾茲）三支人類反旗軍，共同對抗幻獸族。」

「……我也費了一番心力才成功說服部下和民眾。」

獅子王以嘆息回應。

「親耳聽見六元鏡光提議的我暫且不提，在要塞待命的部下什麼都不知道。現在依然對此半信半疑的人想必也不少。」

「不，您的本事實在厲害。」

「別抬舉我了，貞德閣下。事到如今這種場面話──」

「我很認真。換成是我，就算惡魔族提議聯手，我也沒自信能說服民眾。」

貞德聳聳肩膀。

──我甘拜下風。

應該是這個意思。

「全是拜您長久以來與這個聯邦的人民建立的信賴關係所賜。那是我這種年輕人所缺乏的。」

獅子王巴爾蒙克與靈光騎士貞德的差異。

雙方身為指揮官的威嚴都不動如山，不過有時候，人格會讓一個人說出來的話更有分量。

「但最省事的做法，應該是那傢伙親自在民眾面前宣布『要跟人類聯手』。真是，害我花那麼多時間。」

巴爾蒙克銳利的目光，落在凱伊手指掛著的項鍊上。

「喂，妳有在聽嗎？」

『——』

「嘖，回話啊，六元鏡光！我在跟妳說話！」

『…………』

「聽、見、沒，出來！凱伊，把那條項鍊給我！」

巴爾蒙克強硬地一把搶走墜鍊，打開墜子的部分。

『…………幹嘛？』

裡面有個小人。

深藍色的透明黏稠生物。

不，就算是小人，未免太小了。畢竟那名少女小到可以輕鬆鑽進項鍊吊墜的凹槽處。

「喂，六元鏡光！」

「那、那個，巴爾蒙克閣下！您太大聲了，您不是說萬一傳到外面，跟部下說明起來很麻煩嗎？」

「說……說得也是……失禮了，貞德閣下。」

他清了清喉嚨。

獅子王將項鍊放在掌心，低頭俯視深藍色少女。

——黏稠生物，也就是聖靈族。

支配悠倫聯邦的種族，在這塊土地生活的人類最大的敵人。她就這樣躺在手上，是多麼異常的畫面啊。

而且——

『鏡光很睏。』

全長只有數公分。

比凱伊的小拇指還小。這是遭到幻獸族英雄拉蘇耶偷襲，又跟切除器官展開死鬥導致的結果。

『鏡光要睡了。三十年後再叫鏡光起來。』

「給我立刻起來！」

『……討厭。』

『跟智商低的生物說話，只會浪費時間。』

裝在項鍊吊墜中的六元鏡光，坐起上半身。

「妳說什麼？」

『鏡光在兩場戰鬥中，失去大部分的細胞。人類，鏡光應該也跟你說明過了。』

深藍色黏稠生物，用細得跟針一樣的手指指向巴爾蒙克。

『鏡光現在要忙著製造失去的細胞。』

「不用蘇生之術嗎？」

蕾蓮插嘴問道。

「汝似乎在項鍊中沉睡了好幾天，不過第一場戰鬥後，汝不是跟同伴們融合，進而復活了嗎？不能用同樣的方法？」

『可以。但鏡光不用。』

「為何？」

『隨之而來的犧牲太龐大了。不能只為了讓鏡光現在的肉體再生，就讓種族的數量繼續減少。』

幾千隻。或是幾萬隻。

六元鏡光太過強大，因此想讓她徹底恢復，聖靈族必須做出莫大的犧牲。

『所以鏡光想睡覺……為什麼要叫醒鏡光？』

「我們要去西方的修爾茲聯邦。」

『知道。』

「妳也要一起來。」

『──────』

瞬間的沉默。

巴爾蒙克還沒再度開口，聖靈族英雄便不耐煩地說：

『知道。不然鏡光也不會待在這種地方。』

「我們要前往修爾茲聯邦，代表要塞的守備會變薄弱。假如聖靈族企圖趁機發動攻勢，妳知道後果會如何吧？」

『隨便你。鏡光沒有力氣抵抗。』

「哦，真乾脆。」

『反正鏡光讓核分裂了。這具肉體毀掉也無所謂。』

「一點都不乾脆！」

『乾脆。毀掉一顆核心對鏡光來說，損失十分重大。會害鏡光要延後十年才能完全再生。』

因此足夠當成人質——

這位小小的英雄是這個意思吧。她承諾聖靈族不會攻擊留在悠倫聯邦的要塞及民眾。

『所以鏡光要睡了。剩下隨便你們愛怎麼做就怎麼做。』

「喂，妳這傢伙！」

六元鏡光縮回墜子裡面，靈活地從內側蓋上蓋子。

巴爾蒙克再怎麼叫，她都沒有反應。

「唔……喂，凱伊，遠征期間這條項鍊就放我這。可以吧？」

「我是不介意。」

「那麼決定了。之後就準備遠征至西方！我先行告退。貞德閣下，下午的會議見！」

獅子王握緊項鍊，轉過身。

一行人目送他厚實的背影離去。

「貞咪，我問妳喔？」

鈴娜拍了拍貞德的肩膀。

「我搞不太清楚狀況，還沒有要出發嗎？」

「得再等一段時間。我們和悠倫人類反旗軍都還沒做好跟幻獸族戰鬥的萬全準備。尤其是武器。」

靈光騎士輕輕聳肩。

「我們不是在精靈森林遭遇貝西摩斯的襲擊嗎？當時機關槍一點用都沒有。所以我深深體會到，用來跟惡魔戰鬥的武器對幻獸族無效。當然不是因為惡魔比幻獸族弱，是種族特性的差異。」

「是喔？」

「悠倫人類反旗軍的武器也一樣。幾乎都是專門對付聖靈族的，所以就算必須趕工，也得加以改造──這是我從凱伊那聽來的啦。」

貞德的目光落在凱伊身上。

「對不對？」

「嗯。即使時間很趕，我還是覺得最好調整一下武器。畢竟很難找到對所有種族都有效的萬能武器。」

這句話同時也是講給自己聽的。

凱伊的亞龍爪是參考正史的五種族大戰設計的槍刀。

理論上來說，對所有種族都管用。

……可是，對貝西摩斯沒有效果。

……搞不好還有比正史的紀錄更加強大的個體。

該如何對抗亞龍爪無法造成傷害的敵人？

足以抵禦略式亞龍彈的耐久力。

略式精靈彈無法抵銷的大法術。

再加上兩種子彈都快用完了。到時自己真的有辦法活下來嗎？

「……這是我自己的問題。不是一朝一夕就能解決的。」

「……凱伊？」

「沒事。我在自言自語。」

貞德納悶地看著他，凱伊搖頭回答。

3

格蘭多・亞克大平原——

這片草原通往與西方的修爾茲聯邦接壤的國境。三十輛軍用車在沒有鋪路的草地上直線前進。

兩支人類反抗軍的混合部隊，人數約一百五十人。

「是說，又變成大陣仗了。」

阿修蘭坐在駕駛座上。

望向車內的後照鏡，看得見二十輛以上的車分成兩列，跟在他們後頭。

「是很壯觀沒錯，可是人數這麼多，武器跟彈藥都會一下就用完吧？車子能載的量也有限。」

「對呀——先別說武器了，食材和水的存量也得認真計算才行。」

莎琪坐在後座。

她邊嚼口香糖，邊盯著手中的地圖。

「西方（修爾茲）的人類反旗軍也真辛苦，因為他們要接納共一百五十名傭兵嘛。食物跟水都是由對方提供，睡覺的地方也是。」

「總會有老舊的廢墟吧。」

「人家才不要睡那種地方。廢墟感覺就會有老鼠或蛇出沒。人家不奢求有床，不過希望有個至少能讓人安穩睡一覺的地方。鈴娜也這麼覺得吧？」

「我嗎？嗯……」

鈴娜按照慣例坐在莎琪右邊，陷入沉思。

「我在哪都能睡，所以不用煩惱。」

「老身也是。老鼠和蛇很可愛的。老身睡在森林裡的時候，也經常與野兔同眠。」

精靈巫女點頭附和。

「不過，咱們連南方聯邦的國境都還沒通過，汝等就在擔心抵達目的地後的事啦。」

「對呀……啊！凱伊，看到那個叫墳墓的建築物了！」

莎琪猛然抬頭，指向窗外。

綠色的地平線上。

遠比樹木高大的漆黑金字塔聳立於此。

「現在看起來，它真的好大喔。彷彿放得下一整座小型都市。凱伊之前說過，所以我還以為這棟建築物只有在烏爾札聯邦看得到，原來這邊也有。」

「嗯，不過我也不知道它是什麼時候蓋好的。」

未解析神造遺跡。

是建造者不明的建築物的統稱。在正史世界，先知希德利用它封印了四種族。

……沒人知道墳墓是誰蓋的。我也這麼認為。

……這也跟那個預言神有關嗎？

『我是五種族大戰結束後的世界的存在。』

『因為創造世界座標之鑰，耗盡了我的力量。』

精靈森林深處。

自稱預言神阿絲菈索拉卡的雕像這麼說。

那個存在是否真的是足以稱之為「神」的超越人類的存在，凱伊也無法判斷，但可以確定她是五種族大戰的活證人。

然而——

也有人面對墳墓，無法維持心情平靜。

「——————」

凱伊悄悄望向後座的蕾蓮。

不出所料，精靈巫女緊盯著窗外，默默咬緊牙關。

「……對。再忍耐一下就好。一定。」

精靈拚命抑制住情緒，自言自語。

她的聲音在車內響起，可是能體會她的心情的，大概只有凱伊和鈴娜兩人。

——主天艾弗雷亞。

他們就是在這座墳墓，從切除器官手中奪回跟石化一樣凍結的天使。

『這尊石像沒有生命。鏡光不需要攻擊。』

『沒、沒這回事！只要分析術式，應該能讓主天(艾弗雷亞)閣下復活。』

六元鏡光碰觸主天(艾弗雷亞)的石像後，如此說道。不是石化的咒術。簡直像時間靜止的狀態。

而主天(艾弗雷亞)的石像，由蕾蓮親手藏回墳墓。

不能放在人類反旗軍的據點，墳墓外又是聖靈族的支配地區。萬一石像被發現，遭到破壞就完了。

……攻擊主天(艾弗雷亞)的是切除器官。

……不過，操縱那隻怪物的幕後黑手可能是牙皇拉蘇耶。

對蠻神族(蕾蓮)而言，是主天(艾弗雷亞)的敵人。

對凱伊和鈴娜來說也一樣，若牙皇是導致世界輪迴的元凶，為了回到正史，千萬不能放過他。

「咦？狀況是不是不太妙呀？」

突然。

看著地圖的莎琪立刻抬頭。

「嗯……欸，凱伊，從副駕駛座往正面看過去，看得見什麼嗎？」

「只有岩石和樹木。怎麼了嗎，莎琪？」

「照理說，繼續前進應該要看到第四都市古里埃爾。雖然那座都市很久以前就因為遭到聖靈族襲擊的關係，化為廢墟了。」

「！該不會——」

「沒錯。那裡成了聖靈族的巢穴。而且好像超大的……」

三十輛軍用車在草原上前進。

數分後，隱約看得見都市的影子。

「啊！果、果然跟我想的一樣！」

莎琪大聲尖叫。

左邊的蕾蓮也板起臉來。

「還是一樣令人不快啊。而且那座巢穴……真大。」

——發光的廢墟。

整座都市被發光的苔狀物覆蓋住，成了奇怪的模樣。

打個比方，就是彷彿用蜘蛛網包裹住整棟大樓。人類的感性恐怕無法理解，極度噁心的「巢穴」。

「喂喂，凱伊，這有問題吧！我看該緊急煞車或切換方向。再這樣繼續開下去會衝進巢穴喔。」

「我也有同感……」

巢穴裡八成棲息著上萬隻聖靈族。

以這個規模來說，無疑足以包圍這隊聯合軍。而一旦被包圍，無論是再優秀的傭兵都必定全滅。

「可是這也在計畫之內。我們要進入那些傢伙的巢穴。」

「！難道是因為！」

「嗯。要前往西方聯邦，穿過那座巢穴最快。巴爾蒙克指揮官叫我們『直線前進』，就是那個意思。」

凱伊迅速回答阿修蘭。

自己卻也提心吊膽。

……獅子王巴爾蒙克真是做了個果斷的決定。

……我和貞德可不會想執行這麼亂來的計畫。

『下次再陪人類(你們)玩。停戰吧。』

六元鏡光的那句宣言。

若她是真心想打倒拉蘇耶，即使他們衝進巢穴，聖靈族理應也不會發動攻擊。

意即他想藉由這次的行動，確認六元鏡光真正的想法。

——反過來說。

黏稠生物。幽靈。發光體。

要是有任何一隻攻擊他們，大概會當場為聖靈族和人類的大戰爭揭開序幕。

……在那些傢伙的巢穴戰鬥不會有勝算。

……獅子王明知如此，仍然想看清聖靈族的真意。

而貞德也同意了。

『諸位，我們將衝進巢穴。』

獅子王巴爾蒙克的聲音，透過全體廣播響徹四方。

以極具穿透力的音量。

『這可以說是確認聖靈族真正想法的實驗。誓言要打倒幻獸族的那句話是真是假。但我還是要說。各位，拿好你們的槍。』

車子一輛又一輛。

駛向聖靈族的巢穴。

車輪擦過長滿發光苔蘚的路面，因此噴到空中的胞子紛紛飄落。

「指揮官！一號車傳來緊急聯絡！」

通訊機傳出部下的哀號聲。

「請、請看上面！廢棄大樓上方！」

『……幽靈嗎！』

一整片浮游生物遮住了天空。

以驚人速度從廢棄大樓的四面八方聚集而來，開始在於巢穴中前進的三十輛車子的上方盤旋。

有如盯上獵物的禿鷹。

「牠、牠們在看這邊！立刻往上方——」

『別開槍！等一下。在我下令前，一發子彈都不准你們射出。』

獅子王大吼。

『雙方的處境一樣。那些傢伙肯定也因為不知道人類何時會發動攻擊，處於神經質的狀態。牠們也在觀察人類（我們）的真意。』

「可、可是……愈來愈靠近了！」

『我叫你別開槍！』

周圍一片靜寂。

阿修蘭默默握緊方向盤，莎琪屏住氣息一語不發，鈴娜及蕾蓮從兩側的窗戶瞪著頭上的幽靈。

每輛車的車內，恐怕都是同樣的情況。

『繼續往前開。』

指揮官冷靜地下令。

在曾經是都市大道的道路上直線前進。

碎裂的柏油、玻璃窗、大樓外牆剝落的水泥散落一地，前方是棟特別大的建築物。

如同一座扭曲的高塔的大樓。

『那是？我不記得有那種建築物——什麼——！』

獅子王倒抽一口氣的氣息，透過通訊機傳遍四周。

不是大樓。

是體積比大樓更加巨大的銀色黏稠生物。由於牠一動也不動，遠遠看過去可以說是完美的擬態。

『原來這裡有這種黏稠生物！』

身體大得跟十層樓的高樓一樣。

甚至超越在精靈森林遭遇的巨獸貝西摩斯。牠只要直接往這邊倒下，聯合部隊的車輛就會統統被壓垮。

「恐怕是千年級。或英雄級嗎……？」

蕾蓮用微弱的聲音說道。

「聖靈族之中存在活得愈久，身體會變得愈大的個體。這一點跟幻獸族很像，但老身也是第一次看見如此巨大的黏稠生物。」

強度基準分為四個階段。

十年級——剛出生的小型個體。受過訓練的傭兵便能將其擊退。

百年級——有紀律的傭兵部隊可以與之抗衡，但伴隨危險。

千年級——強大無比。人類就算祭出各種手段迎戰，也很有可能全滅。

英雄級——靈元主，六元鏡光。

這是四種族共通的基準。

對付千年級以上的敵人時，需要有指揮官和隊長級的共同協議。

……可怕的不只英雄。

……雖然我在烏爾札聯邦也深深體會過，再看一次還是很驚人。

惡魔族亦然。

身為惡魔族第二把交椅的英雄級惡魔，出現在打倒冥帝凡妮沙的凱伊和鈴娜面前的記憶仍然烙印在腦海。

自稱夢魔姬的惡魔——

『我是夢魔海茵瑪莉露。』

『既然耳聞凡妮沙姊姊大人被擊敗，當然會好奇那會是什麼樣的人類吧？』

就跟冥帝凡妮沙之下有夢魔姬一樣。

即使六元鏡光現在失去了力量，聖靈族的整體戰力依舊不是人類所能想像。

「可是牠完全不動呢。鈴娜，汝怎麼看？」

「……大氣在震動。」

鈴娜透過玻璃窗，抬頭仔細觀察銀色的巨大黏稠生物。

「牠在生氣。巢穴被人入侵，牠超生氣的。」

「此話當真？」

「嗯。什麼時候攻擊過來都不奇怪——」

牠卻一動也不動。

儼然是座小山的黏稠生物紋風不動。三十輛車從牠的僅僅數公尺前通過的期間，也一點變化都沒有。

「我覺得牠在忍耐。」

『巴爾蒙克閣下。』

從通訊機傳出的，是貞德嘹亮澄澈的聲音。

『對方沒有動靜。幽靈們也只是在上空飛行，沒有要發動攻擊的跡象。而我們就快要通過都市了。』

『…………』

『我認為這就是聖靈族的想法。』

『——我明白。』

獅子王嘆息出聲。

『直到通過都市的最後一刻都不能大意。不過諸位也看見了。聖靈族打算放過我們。為了打倒幻獸族。』

六元鏡光沒有說謊。

這個事實逐漸得到證明。

『全軍繼續前進。』

獅子王的語氣恢復堅定。

『出發。前往西方聯邦——』

1

世界分成四大聯邦。

北、東、南、西分別被惡魔族、蠻神族、聖靈族、幻獸族奪走，世界已經不屬於人類。

另一方面——

存在人稱無主地，並未受到任何種族支配的地區。

一滴水都沒有的乾燥荒野。灼熱的大沙漠。狂風大作的大海。永久凍土的靈峰。像這種環境惡劣的地區，散落於世界各處。

沒錯。

在凱伊所知的正史世界，也曾經觀測到。

「…………」

「欸欸，凱伊，你怎麼一直盯著地圖？眼睛眨都不眨，小心暈車喔。」

「莎琪，我問妳——」

他攤開手中的地圖給後座的莎琪看。

「我們現在的位置在這，修爾茲聯邦的國境線旁邊。剛才通過了國境。」

「都這個時候了還要再確認一遍？怎麼了嗎？」

修爾茲聯邦——

世界四聯邦中最為遼闊的領土其東部。

人類反旗軍的聯合部隊，正行駛於國境線另一側的高速公路。

隱約可見的山嶺是火山帶。曾經發生過大爆發，噴上天空的火山灰形成厚實的地層。

「這裡也是無主地嗎……？」

「人家也不知道。修爾茲人類反旗軍給的地圖上是這樣寫的，應該就是了吧。」

莎琪嚼著橘子口香糖回答。

手上拿著望遠鏡。為了在幻獸族接近時盡快察覺。

「實際上，我們一直開在高速公路上也沒遇見幻獸族。大概是無主地。」

「…………」

「所、以、說，你問這幹嘛啦，凱伊！」

「跟我知道的歷史不同。我在想差異在哪裡。」

「咦？」

「在我知道的大戰中，這裡跟地圖標示的一樣，是幻獸族的地盤，而不是無主地。無主地的範圍太大了。」

凱伊皺眉凝視地圖。

這份地圖是修爾茲人類反旗軍製作的最新版。根據上面的紀錄，幻獸族從未出現在高速公路周邊。

……怎麼回事？

……因為，這裡不是普通的平原嗎？包含在幻獸族的地盤內也不奇怪。

再平凡不過的平原。

地面有草木生長，數分鐘前還有看見湖泊。

「我認為這個地方非常適合幻獸族棲息。為何這裡沒有幻獸族？」

「沒差吧。如果你會擔心，多注意一點就行了。」

阿修蘭在駕駛座忍住呵欠。

「無主地多是很不可思議沒錯，但烏爾札聯邦同樣有很多惡魔族沒支配的地區啊。」

「嗯，貞德告訴我的時候，我也嚇了一跳。」

凱伊是前幾天聽說的。

他拿到這張地圖時，發現無主地的存在，貞德輕描淡寫地告訴他。

……不只北方(烏爾札)。東方(伊歐)跟南方(悠倫)也一樣。

……全世界四種族沒有劃為地盤的區域，會不會太多了？

對人類而言珍貴的安全圈。

例如，有些傭兵在遭到幻獸族襲擊時逃進這塊地區，因此得以生還。不過「為何這裡是無主地」的謎團尚未解開。

「凱伊——我跟你說。」

「嗯？」

「我累了啦。要在車裡待到什麼時候……？」

鈴娜無力地癱在後座。

三天前，從悠倫人類反旗軍的要塞出發後，他們一直睡在不習慣的車子內，似乎讓鈴娜累積了不少疲勞。

「是啊。蕾蓮也累成這樣。」

「…………」

精靈巫女靠在莎琪身上，面色蒼白。

她的狀況比鈴娜更嚴重，連回話的力氣都不剩。

……穿越精靈森林的時候，我們也一直是靠車子移動。

……但當時有帳棚可以睡。

睡在人類製造的「會動的金屬箱」裡，對鈴娜和蕾蓮來說，想必只會帶來痛苦。

「對了，這附近好像有人類的城市。凱伊，你在看的地圖上有紀錄吧。」

「人類特區？」

「不是。你看，那邊那個小黑點。聽說那裡是普通的城市。」

「……普通的？」

凱伊懷疑自己聽錯了。

不是人類特區。也就是說，不是人類用以藏身的祕密都市。這代表的意義是——

「有沒遭到幻獸族襲擊的城市？真的嗎？」

『鐵屑之都亞基特——』

指揮官貞德的通訊剛好在這時傳來。

『諸位，很快就要抵達城市了。在廣大的悠倫聯邦中，尚未遭受幻獸族攻擊，僅存的唯一一座城市。對方也傳來會歡迎我們聯合軍的聯絡。』

高速公路分出兩條岔路。

帶頭車往左轉，後面的車也跟在其後。

『……再忍一小時就好。不過，就算這塊地區記錄成無主地，還是不能大意。各位切勿放鬆戒心。沒人知道什麼時候會跟幻獸族交戰。』

「……我不行了。還要再坐一個小時的車，我撐不下去啦。」

「……老身也是。真想念精靈森林。」

鈴娜和蕾蓮嘟囔道。

緊接著。

『咦？怎麼了花琳，有問題嗎？……啊，搞錯了。抱歉，諸位。』

貞德若無其事地說。

『好像還要再兩小時。』

「我受夠了————！」

「到極限了啊啊啊啊啊啊啊啊！」

兩位少女的慘叫，於凱伊搭乘的車內迴盪。

2

以煤炭為燃料的火力發電——

為了發動用來對抗四種族威脅的機關，地下資源豐富的修爾茲聯邦會開採煤礦。

煤礦部落、煤礦村、煤礦都市。

擁有許多名稱的這些據點，在幻獸族的襲擊下盡數毀滅。只剩一座城市。

——鐵屑之都亞基特。

人們如此稱呼這座礦山都市。

「是大地————！」

蕾蓮踢開軍用車的車門，奔向車外。

或許是因為一直被關在金屬箱裡面，太想念大地了，她仰躺在紅褐色的地面上。

她就這樣躺在那裡，沒有要起來的跡象。

「啊啊，身體和土壤接觸的感覺果然很棒。老身不奢求要吸到精靈森林清澈的空氣。真想像這樣一整天躺在土上。」

「別說這些了，快起來。要走了。」

「啊，喂，凱伊！」

凱伊抓住擺著一張臭臉的精靈的手，把她拉起來。

停在利用礦山遺跡蓋成的廣場上的車子，是烏爾札和悠倫的軍用車。以及推測是用來運送煤炭的大型卡車。

「難以置信。光天化日之下把車停在這邊，沒問題嗎……」

貞德睜大眼睛，觀察這個景象。

旁邊的巴爾蒙克也是類似的表情。

「在烏爾札聯邦，車子只能藏在廢棄大樓的遮蔽處。一旦被看見，惡魔就會派出斥候，導致敵人發現這裡有人類特區……」

「我也有同感，貞德閣下。要是我們想把車停在外面，聖靈族會蜂擁而上。但這座城市看來真的不會遭受幻獸族的侵略。」

只有這裡跟正史一樣。

而正因為有這些煤炭，西方的修爾茲人類反旗軍才得以跟幻獸族抗爭至今。煤炭和鋼鐵都是製造武器不可或缺的原料。

「除去有礦山這一點，真的像普通的城鎮……」

蓋在紅褐色斜坡上的大樓群。

對凱伊而言是令人懷念、跟正史的街景十分相似的風景。許多市民穿著煤炭工人的衣服，忙碌地運送貨物。

……他們在專心工作。

……竟然看得見沒帶槍的人，這邊的氣氛真的好像正史。

不是廢墟的大樓，在這個別史世界也十分罕見。

「嗯——有人類的味道。」

鈴娜疑惑地環視周遭。

「欸，凱伊。幻獸族真的不會來這座城市嗎？幻獸族嗅覺敏銳，一下就聞得到人類的氣味耶。」

他不覺得是巧合。

「我也很疑惑。」

……是因為這座城市有幻獸族討厭的東西嗎？

……例如討厭煤炭的味道。討厭鐵的味道之類的。

「總之先巡視一遍吧。鈴娜，我們走，蕾蓮也一起來。」

一百五十名聯合軍往都市內部移動。

同樣穿戴有傭兵風格的裝備的壯年男兵，走向以貞德和巴爾蒙克為首的傭兵集團。

他有著剃短的頭髮，以及蘊含堅定意志的眼神。

「我是烏爾札的指揮官貞德。這位是巴爾蒙克指揮官。請問閣下是？」

「我是修爾茲人類反旗軍的隊長卡謝奈。誠心歡迎貴軍。感謝各位遠道而來。」

「……不好意思，請問米恩指揮官呢？」

以迎接來說，人數太少了。

北方（烏爾札）與南方（悠倫）的聯合軍共一百五十人，西方（修爾茲）則只有卡謝奈隊長跟九名部下。沒看見這裡的指揮官。

「我們的指揮官在本部等候各位。」

「各位固定駐守於這座城市嗎？」

「是的。任期一年的輪調制。」

傭兵的常駐部隊。

雖說幻獸族從未出現過，看來他們並沒有因此疏於警戒。

「明天正午，由我帶領各位到本部。」

「了解。感激不盡，不過今晚——……怎麼回事！」

貞德話只講到一半。

地鳴聲響起。

地面突然開始搖晃，凱伊、貞德，連鈴娜跟蕾蓮都反射性望向腳下。地上的石頭因這場震動而滾落坡道。晃動程度不至於跌倒，但走起路來會受到影響。

「別擔心，應該很快就會停。算是這座城市的特色。」

「……這場地震嗎？」

巴爾蒙克低頭注視仍在搖晃的地面。

「特色竟然是這個，還真可怕啊？」

「推測是挖掘礦山時，地盤產生龜裂導致的。從來沒有發生過大地震。」

「每個月都會有嗎？」

「大約三天一次。」

「這麼頻繁！」

「是的。同時也有人認為幻獸族是因為不喜歡地震，才不靠近這裡。地震造成的損害也很輕微，所以居民都不太介意。」

「……我明白了。」

獅子王勉為其難地點頭。

「話說回來，卡謝奈隊長，我有一事相求。」

「車子就交給我們保養吧。市內有許多優秀的技師。」

「不好意思，麻煩了。還有，我想參觀一圈這座城市。我們這群長相凶惡的男人走在路上，會不會嚇到居民？」

「當然不會。大家都很歡迎各位。不過有點可惜，你們正好錯過了。」

修爾茲聯邦的隊長遺憾地低聲說道。

「大約兩個小時前，其他傭兵部隊到過這裡。他很期待跟您重逢。」

「想見我？對方是誰？」

「是您也很熟悉的荒野的傭兵王。」

「——難道是……」

「是阿凱因大人。」

「原來是那傢伙！怎麼，他也來到這座城市啦，那還真可惜！」

巴爾蒙克豪邁地大笑。

「一年半左右沒聽見那傢伙的消息了。我還在想他不曉得跑到世界的哪個地方閒晃，他過得好嗎？」

「是的。之前發現幻獸族大規模移動的痕跡，我們委託阿凱因大人進行調查。他還會來這座城市補給物資。」

「光聽到他的消息就足夠了。唔嗯，那傢伙在這個聯邦的話──」

「不好意思。巴爾蒙克閣下，您認識他嗎？」

貞德加入對話。

「阿凱因……這名字我也有點印象，但不巧的是我無法確定是在哪聽過的。」

「噢，失禮。也對，那傢伙比較常從世界大陸的南方遊蕩至西方，北方聯邦烏爾札應該沒什麼機會聽見他的名字。他跟我們一樣是傭兵。」

「隸屬於哪邊的人類反旗軍呢？」

「他沒加入特定的組織。那傢伙生性喜歡漂泊，不會停留在同一個據點。所以就算想跟他聯絡，也沒那麼容易逮到人。」

巴爾蒙克輕聲嘆息。

「類似在荒野徘徊的保鑣吧。聽卡謝奈隊長那樣說，他現在似乎受僱於修爾茲人類反旗軍。」

「……那個人厲害到人類反旗軍跑去僱用他啊？」

「他的身手確實高明。」

修爾茲人類反旗軍的卡謝奈隊長，向前踏出一步。

指著礦山山丘的西方。

「那個男人將無法融入任何人類反旗軍的莽夫統統聚集在一起，組成強大的傭兵團。阿凱因・希德・柯拉特拉爾這個名字，在我們修爾茲聯邦無人不知無人不曉。」

「──希德？」

不自覺地。

凱因下意識說出那個名字。

……沒有聽錯。

……他剛才是不是說了希德！

人稱荒野的傭兵王的男人。其名跟正史的「結束五種族大戰的英雄」一模一樣。

碰巧同名？

就算只是巧合，他可不能當作沒聽見。

「那、那個……等一下！請多告訴我一些那名傭兵的情報！」

「阿凱因先生嗎？」

壯年男隊長回過頭。

「那麼，你直接去見他本人不是更快？」

「……直接去見他？」

「剛才阿凱因先生前往我們的本部了。而明天我會帶各位到本部。到時自然會跟他見到面吧。」

「────」

擁有希德之名的男人。

只要前往修爾茲人類反旗軍的本部，就算不想也會見到他。

『你在希德不在的世界找到了世界座標之鑰，我非常高興。』

預言神阿絲菈索拉卡說過「希德不在這個世界」。

……我也這麼認為。不可能是同一個人。

……因為正因為希德不在這個別史世界，人類才會敗北。

然而他也不覺得兩者之間毫無關聯。「希德」這個名字擁有的意義就是如此重大。

「我來介紹各位給這座城市的居民認識。這邊請。」

修爾茲的隊長轉身離去。

指揮官貞德及指揮官巴爾蒙克跟著他。花琳和部下那些傭兵也跟在後面。

「欸，凱伊，貞咪他們要走掉了耶？」

「……嗯，我知道。」

凱伊回應拉扯他衣袖的鈴娜，在礦山的斜坡邁步而出。

═══

鐵屑之都亞基特。

大樓群林立於山丘斜坡上，其中的大醫院的病房內。

「睡在醫院，有種住院的感覺……」

夕陽從巨大的窗戶照進。

患者用的病房染上暮色的時間，凱伊用從蓮蓬頭灑下的溫水，反覆清洗左肩的傷口。

……被貝西摩斯咬出的傷口沒有裂開。

……手臂施力也不會痛，已經沒事了。

他們花了三天從悠倫聯邦來到這裡。

由於一直住在車內，凱伊有三天沒好好洗過澡。

「是說竟然有熱水澡可以洗，真厲害。」

電氣系統仍在運作。

在烏爾札聯邦的人類特區「新維夏」，因為要省電的關係，頂多只能用溫水洗澡。但這裡不一樣。沒有遭受幻獸族的侵攻，所以發電設備完好無缺，有豐富的電力能夠利用。

「只有這裡讓我有種回到正史的感覺……」

「老身倒不怎麼喜歡。水有溫度是不正常的。淋浴還是要用自然的湧泉那種清涼乾淨的水。」

「是嗎？我比較喜歡熱水。」

「不行。所以老身要換成冷水了。」

「咦？」

從蓮蓬頭噴出的水花不再冒出蒸氣。數秒過後便立刻轉為刺骨的冷水。

「好冷！」

「嗯。還是冷水舒服。」

「我會感冒啦……嗯？……蕾蓮！」

凱伊轉過頭，當場瞪大眼睛。

精靈巫女打開浴室的門，一副理所當然的態度走進來。

身上還一絲不掛。毫不遮掩，彷彿要大方地展現白皙透徹的肌膚。

「怎、怎麼了？妳不是洗過澡了嗎！」

「是沒錯，但老身忘記一件要事。凱伊，讓老身看看汝的身體。」

「什麼？」

「老身要看看喝下精靈靈藥是否有對汝的身體造成其他影響。別擔心，很快就結束了。」

「喂、喂！」

狹窄的浴室內，精靈緊貼著他的背部。

冰冷的水花飛濺，緊密接觸的肌膚溫度鮮明地傳達過來——

「不不不慢著蕾蓮！」

「無須害臊。老身和汝又不是同種族。汝脫了衣服，在老身眼中也與犬貓無異。」

「就算妳這樣說……」

蠻神族，尤其是精靈的肉體，與人類太過相似。

蕾蓮也一樣，在凱伊眼中就是人類的少女。硬要說的話，精靈和人類女性比起來，身體看起來比較缺乏起伏。

……可是肌膚比人類更光滑。

……重點是我也沒穿衣服，很難為情。

「有必要特地進浴室嗎？」

「若汝穿著衣服，到時又要把衣服脫掉，浪費時間。在裸體的時候診斷不是最快？」

「是沒錯……」

「要是汝死了，老身會很頭痛。」

「我嗎？」

凱伊沒想到精靈會說出這種話，瞬間忘記羞恥心，呆站在原地。

人類和蠻神族是敵人。

雖說兩者之間締結了為期一年的互不侵犯條約，但卻還是會擔心身為敵人的人類嗎？

「問個怪問題，妳這話什麼意思？」

「汝不在的話，不就沒人跟老身一起住了？而且老身知道汝還算靠得住。這個嘛……」

蕾蓮仔細觀察凱伊的背部。

「打個比方，就像看門狗吧？精靈森林也有養守護獸。汝給人的印象就是這樣。」

「這譬喻害我不知道該如何反應，是好是壞啊……」

「高興吧。精靈森林規定要細心照顧養在森林裡的守護獸。就像這樣。」

蕾蓮從後方朝凱伊的側腹伸出手。

就這樣抱住凱伊的背。

「唔唔，看來沒有其他副作用。肌膚的光澤跟觸感似乎都沒有問題。」

「有問題的是妳手的動作吧！喂、喂……好了啦！」

「別動。老身只檢查了背和肩——」

咚。

就在這時，浴室的門打開了。

「臭平胸精靈——————！」

鈴娜一開門就激動地大叫。

指著全裸的蕾蓮。

「我才離開一下而已，妳在做什麼！」

「唔……汝散完步了嗎！」

「閃開，凱伊是我的，才不會讓給精靈！」

「哼，很遺憾，這間浴室是雙人用。」

「是單人用的吧！喂蕾蓮，不要說謊說得那麼自然！」

「我也要跟凱伊一起洗澡！」

「就叫妳們別脫了——————！請妳們出去，我正在洗澡！」

凱伊拿出全力，制止當著他的面準備脫衣服的鈴娜。

洗完澡。

「哈啾！」

凱伊用毛巾擦拭殘留水氣的頭髮，冷得抖動身軀。都穿上平常穿的戰鬥服了，身體還是很冷。

「我好像著涼了……」

「哦？這可不行，身體一旦著涼就會出問題，此乃各種族共通的症狀。萬萬不可大意。」

「……話先說在前頭，全是因為某人把我的洗澡水從溫水轉成冷水喔。」

他坐到夕陽照耀的窗邊。

蕾蓮則盤腿坐在房間的床上，十分悠閒。

「鈴娜呢？」

「剛才有人來通知晚餐準備好了，她說要去拿咱們的份。放心，應該很快就會回來。」

「好。是說蕾蓮，我有話跟妳說。」

「但說無妨。」

「妳抱著我的槍刀幹嘛？」

「好奇心使然。」

黑色槍刀「亞龍爪」。

精靈巫女抱著原本靠在牆角的凱伊的武器，好奇地觀察。

「以人類製作的武器來說，這東西真有趣。」

「槍刀嗎？喔，經妳這麼一說，巴爾蒙克指揮官也講過類似的話。」

他說這把槍刀領先了最新型的槍兩個世代。

那是五種族大戰結束後的世界製造出的槍，所以這個評價不算太誇大。

「妳看得懂人類的槍的構造啊？」

「精靈森林裡滿地都是。構造早已分析完畢，咱們甚至有自信做出性能高出好幾倍的版本……不過──」

蕾蓮張開手掌。

小小的手心上，放著在正史世界製造的兩種子彈。

「這東西連老身都是第一次看見。令人好奇。」

略式亞龍彈，以及略式精靈彈。

精靈專心凝視兩種子彈，語氣有幾分興奮。

「凱伊，汝用它擊中切除器官的瞬間，刀尖不是噴出了火焰嗎？老身很好奇那個機關。」

「那是妳右手邊的那顆子彈。叫做略式亞龍彈。」

「左邊的又是？」

「……………」

「不方便說嗎？」

「不是，不是不想說。是我不太好意思在本人面前講這個，不如說有點惶恐，因為它叫略式精靈彈。」

「哦？」

蕾蓮握著子彈，疑惑地拿到頭上凝視。

她不僅沒對那個名字有意見，反而更加好奇地觀察。

「這是人類的子彈吧。為何用精靈當名字？」

「因為那種子彈能抵銷法術。妳的七色和服不也是對法術有抗性的靈裝嗎？」

「也就是說，在模仿咱們嗎？不過，以子彈的形式抵銷法術啊，唔嗯……？」

精靈巫女緊盯著子彈前端——

半透明的結晶。

「是伊里斯礦石。將只能在靈峰採掘到的石頭加熱至深紅色，再以鎚子敲打鍊成。這種石頭能讓法力分散，推測是利用那個特性。」

「……妳知道嗎！」

「這可是蠻神族（咱們）的特權喔。」

蕾蓮得意地哼了聲，拎起子彈。

「鍊成方式倒有點可惜。不是只要用強大的火焰、強大的力道鍛造就行。要更加纖細地對待這礦石，才能發揮它的真正價值。」

「厲害。真服了妳，大概就是妳說的那樣。」

連人類庇護廳都還沒辦法完美加工伊里斯礦石。

蕾蓮卻一眼看穿略式精靈彈的構造，還指出工法的粗糙之處，凱伊想都想不到。

……蠻神族的智慧真可怕。

……連正史世界的技術都完全追不上嗎？

「唔嗯。不過真懷念。伊里斯礦石是適合加工的石頭，所以矮人經常用它來製作工藝品。老身也有樣學樣試過幾次。」

「明明是貴重的礦石，可以給你們這樣隨便用嗎？」

「怎麼？汝沒聽過煉石術？」

蕾蓮一臉疑惑。

彷彿這是再普遍不過的知識。

「只要隨便在路邊撿一顆小石頭，即可煉成伊里斯礦石，這不是常識嗎？」

「還可以這樣啊。那不是————………啊……！」

「嗯？怎麼了，凱伊？」

「…………」

腦中亮起一束光明。

略式亞龍彈跟略式精靈彈，都是凱伊從正史世界帶過來的。

……所以無法補充。

……我之前就在煩惱子彈用完後該怎麼辦。

這裡有真正的蠻神族。

擁有比正史的人類更加優秀的加工技術的精靈。

「蕾蓮，妳該不會做得出跟這一樣的子彈吧？」

「有困難。」

蕾蓮盯著手中的子彈。

「如果這裡是精靈森林，窯跟道具都有辦法弄到手就是了。」

「基本道具我可以幫忙準備。雖然是人類用的。」

這座城市並未遭到幻獸族的侵攻。再加上有傭兵駐紮在這裡，應該有一兩座武器工房。

「拜託。可不可以請妳挑戰看看？」

「…………」

精靈巫女抬起視線，緊盯著他。

然後立刻深深嘆息，一副受不了他的樣子。

「汝欠老身一個人情喔？而且老身先把話說明白，這子彈無法大量生產。因為製造費時。老身還是第一次把伊里斯礦石加工成人類的子彈。」

「好。假設要妳做十顆，需要多少時間？一個星期？還是一個月？」
「明天天亮吧。」
「妳說什麼？」
「怎麼了？」
「……是我聽錯嗎？」
凱伊靜下心來，又問了一次。
「那個，把伊里斯礦石加工成子彈，大概需要多少時間？」
「汝沒聽錯，明天天亮。」
「好快！」
「並不快。這種東西由熟練的矮人操刀只需三小時。別小看蠻神族了。不過——」
精靈巫女再度將亞龍爪抱在懷中。
得意地揚起嘴角。
「這或許是個讓汝見識老身有多麼偉大的良機。等著看吧。」

3

夜晚降臨鐵屑之都亞基特。

丘陵上的大樓群靜寂無聲。深沉夜色中，設置在大樓屋頂的常夜燈微微照亮周圍的礦山。

夜行性的幻獸族——

尤其是大型肉食獸會在夜晚徘徊。什麼時候爬上山道襲擊人類都不奇怪。

「即使從未遭到襲擊，也不會疏於戒備，這一點在這座城市也一樣嗎……」

窗外。

凱伊心不在焉地看了在街上巡邏的自警隊一眼，手撐在桌子上托著腮。

「欸，凱伊，我好睏喔。」

只有點亮細小蠟燭的房內。

坐在旁邊的鈴娜一副愛睏的樣子揉著眼睛，抬頭看著他。

「你還不睡呀……？」

「不知為何沒有睡意。大腦很清醒，躺在床上大概也睡不著。」

他甚至想跑去外面幫忙守夜。

意識就是如此清醒。全身發熱，熱得受不了。雙手的手指還在顫抖。

……這種感覺是怎麼回事？

……手指在抖不是因為冷。而且我的思緒也很清晰。

是因為緊張嗎？

若是如此，導致他身心緊繃的要因是——

『阿凱因・希德・柯拉特拉爾這個名字，在修爾茲聯邦無人不知無人不曉。』

「鈴娜，妳記得我們第一次見面的情況嗎？從切除器官手下逃離，回到惡魔的墳墓。在那邊提到的——」

「叫希德的人類？」

「對對對。正史有個終結五種族大戰的人類。傳說中，他用世界座標之鑰打倒了四種族的英雄。」

「可是，那個人不在這個世界吧？」

「我是這麼想的……」

不是同一個希德。

這樣的話，阿凱因・希德・柯拉特拉爾這名男子又是誰？

「其實根本不用想。明天到修爾茲人類反旗軍的據點後，就會被迫知道答案。」

他露出淡淡的苦笑。

鈴娜盯著凱伊，眼睛眨都不眨一下。他聳聳肩膀，回應那令人良心不安的純潔目光。

……不，還是別說了。

……講這些可能會害鈴娜也跟著好奇，失去睡意。

凱伊伸了個大懶腰站起來。

「蕾蓮，我和鈴娜要先睡了，妳呢？」

「——」

「喂——？」

「————去睡吧。」

聲音從浴室傳來。

開始複製略式精靈彈後，精靈巫女就一直待在浴室，沒出來過。

「煉石必須選在沒有灰塵的場所。這裡（浴室）正好適合。還得花一些時間。」

門後傳來鏗鏗鏘鏘的敲擊聲。

用力敲打礦石、打磨，以火焰除去雜質。反覆進行這個步驟，即可煉成作為略式精靈彈的基底的結晶。

「……雖然我已經問第四次了，需要幫忙嗎？」

「不需要。」

蕾蓮從門後探出頭。

「給人看半成品，不符合老身的個性。還有，精細的製造法是精靈的機密事項。就算是汝也不能看。」

「……沒想到妳是個完美主義者。」

「就是這樣，期待明天的成果吧。」

門磅噹一聲關上。

看著獨自埋頭於加工礦石的精靈，凱伊跟鈴娜不禁面面相覷。

4

荒野染上淡灰色——

位於世界大陸南方的悠倫聯邦。

其要塞露因．茲．芙拉姆的「太陽門」會在日落的一小時前關閉，在太陽完全照亮大地前，絕對不會開啟。

聖靈族一向神出鬼沒。

為了避免任何一隻聖靈族入侵，夜間要塞的門不會打開。

……本來應該是這樣的。

「請留步！特蕾莎大人，請等一下！」

「晚上很危險。不只聖靈族，荒野的野獸也會在要塞周邊徘徊。請您等到天亮——」

「我拒絕。」

雙開式的太陽門發出吱嘎聲，從內側打開。

是一扇機械式金屬門。本來得靠重機用馬達才終於打得開的門，發出聲響被人用蠻力推開。

數十公分。

一名少女從細小的門縫間走出，現身於夜晚的荒野。

身穿飾有金色刺繡的黑斗篷。

兜帽雖然遮住了她的臉，纖細的下巴到脖子間的線條，卻散發出男性所沒有的柔弱氣質。

「……我怎麼沒聽說。」

銀鈴般的聲音，從朱紅色雙唇間傳出。

「我是因為聽說有個有趣的人類才來到這裡。結果對方竟然已經前往西方聯邦了，這我可不知道。」

特蕾莎．希德．菲克。

擁有希德之名的少女邁步而出。以光腳穿著樸素涼鞋的模樣，走向夜風呼嘯的荒野——

被月光照亮的身姿實在太過奇妙、不可思議。

並且美麗動人。

「欸，世界座標之鑰在哪裡？」

少女抬起頭。

這個瞬間，吹過身旁的風掀起名為特蕾莎的少女的兜帽。少女可愛的面容顯露而出。新月色的雙眸及淡粉色的嘴脣光采動人。

然而，最大的特徵在於她的額頭。

——聖痕。

——即為璀璨的光之痣。

象徵法力存在的那道光輝，無限接近於法術圓環。

人類兵器特蕾莎。

身為人類卻擁有法力的少女。疑似能夠操縱足以與高階惡魔族匹敵的法術。

「命運龍密斯加謝洛。」

少女將臉朝向薄雲密布的夜空。

「有個男人無意間比我更早找到你們不小心做出來的命運之劍，照理說我要在這座要塞遇見他。預言是這麼說的吧。」

『…………』

「你不是說世界座標之鑰是最適合我的劍，要我納入手中？」

『我的預言遭到扭曲了。』

灰色的雲朵翻騰。

逆著狂風聚集在人類兵器特蕾莎頭上並且凝縮，逐漸描繪出一個具體的形狀。

龍的頭部。

『儘管程度不大，祈子阿絲菈索拉卡的預言加快了靈光騎士貞德旅行的步調。因此你們才錯過了。』

「可是，擁有世界座標之鑰的又不是靈光騎士。」

『對方跟靈光騎士共同行動。』

「……那幾個預言神真礙事。為什麼要用預言互相衝突？」

她伸手覆蓋住額頭上的聖痕。

以免有衛兵從近在身後的要塞看見。

「明明有一個就夠了。」

『遲早會的。等到汝獲得世界座標之鑰，結束五種族大戰的那時候。』

「────」

沉默。

少女只是不斷在荒野行走。

新的預言神，命運龍密斯加謝洛。

在牠的引導下，人類兵器特蕾莎．希德．菲克朝西方前進。

World.3

Chapter: 擁有希德之名的人啊

Phy Sew lu, ele tis Es feo r-delis uc I.

1

庫連馬德魯電波塔——

聯繫聯邦與聯邦間的通話的生命線。許多電波塔因為遭到幻獸族侵略的關係而倒塌，這座電波塔卻仍在運作，是為數僅少的「倖存者」。

風吹得草原沙沙作響。

柔和的薰風舒適宜人。

「初、初次、初次見……面！我是指揮官米恩斯特朗姆・休爾汀・畢斯凱緹。請、請各位叫我米恩就好！」

「我是指揮官巴爾蒙克！初次——」

「呀啊啊啊啊啊啊！」

栗色頭髮的少女放聲尖叫。

推測年紀約十四或十五歲。稚氣尚存的外貌加上嬌小的體格。這名少女想必很適合可愛的連身裙或圍裙，如今卻穿著寬鬆的戰鬥服，看起來實在不太協調。

少女眼泛淚光。

「古林格茲總隊長！這、這裡怎麼會有幻獸族！」

「米恩閣下，請冷靜。在您眼前的是人類，不是幻獸族。」

擔任指揮官輔佐的老兵清了下喉嚨。

「這位是來自悠倫聯邦的指揮官。是人稱獅子王的偉大人物，請您注意不要冒犯了。」

「他……他不會咬我吧？」

指揮官少女提心吊膽地從老兵身後探出頭。

這時貞德站上前。

「初次見面，米恩閣下。我是烏爾札的指揮官貞德。」

展露美麗的微笑。

然後以優美的姿勢向年幼指揮官伸出手。

「聽說幻獸族實力堅強。請務必跟我們一同奮戰。」

「好、好的……！啊，太好了。這個指揮官不可怕！」

兩人笑著握手。

遭到排擠的獅子王在一旁咕噥：「太不公平了……」，兩位當事人卻沒聽見的樣子。

「這位指揮官真可愛。雖然不太有威嚴。」

「對呀。會不會是那種一到戰場上就會像換了個人似的，幹勁十足的類型？」

阿修蘭和莎琪竊竊私語著。

他們的音量小到修爾茲人類反旗軍聽不見，然而包含凱伊在內的周圍的傭兵，應該能聽得一清二楚。

「可是她那麼小一隻耶？上戰場的時候會被士兵圍住，看不見她吧。根本沒存在感。」

「嗯……怎麼說呢……說實話，感覺挺柔弱的。」

「老身也深有同感。喂，凱伊，那個小丫頭是？」

聽覺敏銳的蕾蓮聽見兩人的對話，連她都表示不解。

「這個地區的人類會崇拜那種小不點啊？」

「她的身高跟妳差不多吧。」

「喂。老身指的是威嚴。老身跟那丫頭全身散發出的魄力明明截然不同。」

「……先不說這個了。我也很好奇這一點。感覺她沒什麼指揮官的氣勢。」

想必在場的許多人都有同樣的感想。

米恩指揮官比女扮男裝的指揮官貞德更加年幼。若她擁有優秀的指揮官才能倒還可以理解，但她怎麼看都屬於內向的人。

「那位指揮官跟貞德大人經歷相同。」

花琳低聲回答。

她一直用眼角餘光守望在打招呼的貞德和米恩。

「原本的指揮官是她的父親，他卻在跟幻獸族的戰鬥中受傷，不得不退休。她是父親的後繼者。」

「……沒有其他人選嗎？」

「負責輔佐她的部下都很優秀，所以不必擔心。他們判斷與其引發麻煩的爭執去吵誰來當指揮官，不如讓前任指揮官的女兒接手。」

花琳指向包圍電波塔的水泥牆。

「如各位所見，軍備十分齊全。既然有優秀的部下，那就沒問題了。」

高達五公尺的厚牆是預想幻獸族的衝撞建造而成的。設置在人類眼睛高度的窗戶，看得見一整排機關槍。

……之前看過的人類反旗軍要塞，多少都帶有人類特區的氛圍。

……這裡卻儼然是座軍事基地，魄力十足。

烏爾札聯邦（修爾茲）的基地是蓋在廢墟中，以免被惡魔族發現。西方卻不一樣。

他們將能與幻獸族正面對決的武裝直接亮出來。

「聽說幻獸族嗅覺敏銳，武器和士兵藏起來也沒用。既然如此，直接布下全面對決的陣勢反而比較好嗎？」

巴爾蒙克同樣盯著城牆。

機關砲，以及設置在裡面的加農砲砲臺。這些統統對著空中，推測是為了防範疾龍之類的生物從上空來襲。

「強力的軍備。而且看起來都是新型。」

「……是、是的。您眼光真好！各位昨天住過的鐵屑之都（亞基特）能採到品質不錯的鐵礦，我們便把它用來開發武器。」

指揮官少女用力點頭。

她的臉上綻放出笑容，大概是在高興自軍受到稱讚。但她立刻繃緊嘴角，似乎想到了什麼。

「……不過，我們還無法反擊。因為幻獸族侵略的速度，比武器開發的速度還快。將尚未研究完畢的試作品直接帶去戰場上，把兵器當成消耗品使用，這就是目前的狀況。」

「每個地方狀況都差不多。話說回來——」

獅子王的視線移向列隊於米恩指揮官背後的士兵。

在隊伍中掃視，彷彿在找人。

「好像沒看見那傢伙。他在基地裡面嗎？」
「那個，您說的『那傢伙』是？」
「阿凱因。我還以為我來了，那傢伙也會出來露個面。」
「！原來您認識他嗎！」
米恩指揮官興奮地說。
「您說的沒錯。我們缺乏兵器也缺乏兵力，所以僱了阿凱因先生的傭兵部隊。阿凱因先生不久前出發了，前去驅逐棲息在修爾茲舊王都的幻獸族。」
「竟然。又錯過了嗎？」
「是可以跟他聯絡……」
「不，既然他已經在執行作戰，沒必要這麼做。因為我們也有很多事該先處理。」
「那、那麼我來為各位介紹基地！人類特區也在基地裡，請務必參觀一下！」
一行人往庫連馬德魯電波塔，以及林立於後方的大樓群移動。
三位指揮官以米恩指揮官為首，走在前方。三聯邦的傭兵則跟在後面。
「咦？凱伊凱伊，我問你喔。」
軍靴的踏地聲環繞四周，鈴娜疑惑地歪過頭。
「你要找的那個叫希德的人不在嗎？」
「嗯。他好像跟這邊的人類反旗軍分頭行動。詳情我不清楚，短時間內他好像不會回到電波塔（這裡）。」

「要不要去追他？」

「嗯？」

「你那麼在意那個人，我也好好奇。」

鈴娜抬起視線，凝視凱伊。

「我得仔細盯著，免得又有人看上你。」

「這誤會可大了！」

「而且比起待在人類的建築物裡，我更喜歡草原（這裡）。」

「哎，我能理解妳的心情……」

延續到地平線的大草原。

鈴娜無憂無慮地任薰風拂弄髮絲，但這片平靜的草原前方，也是幻獸族的地盤吧。

……不曉得從哪裡開始是他們的地盤。

……幻獸族極度厭惡有人踏進自己的領域。

一旦遭遇，必然開戰。

盡量避免跟疾龍、巨獸（貝西摩斯）之類的大型獸戰鬥，是人類反旗軍傭兵的共識。

……目標是牙皇拉蘇耶。

……將幻獸族一隻又一隻統統打倒，並不現實。

找出牙皇拉蘇耶的巢穴。

今後大概得耗費大量的時間及人手，調查四聯邦之中最為廣大的修爾茲聯邦。

「可是仔細一想，鈴娜的建議也有道理。」

凱伊杵在草原上。

目送人類反旗軍走進電波塔，喃喃自語。

「追上去或許可行。」

2

人類特區「耿加．伊」。

將位於電波塔用地內的商業大樓群，整個改建成住宅區的都市。

修爾茲聯邦共有十三座人類特區。除了此處和鐵屑之都亞基特，其他全是地下都市。

「凱伊，這個點心好好吃喔。超好吃的！」

「這東西叫草餅是吧？唔嗯，材料是魁蒿、糯米和甘蔗？哦，挺合精靈的胃口。是老身目前吃過的人類料理中最美味的！」

鈴娜專心吃著街上的傳統點心。

走在旁邊的蕾蓮似乎也難得喜歡上人類的料理。

「不過真想不到……嚼嚼。聽說這個村落被幻獸族逼入絕境……嚼嚼。這裡的人類竟然還──嚼嚼……有心力做出如此美味的料理。」

「先吃完再說話吧。」

「就算汝這麼說……嚼嚼……再一個。」

「好好好。」

凱伊將自己的草餅分成兩半給她們。這時制止凱伊的不是別人，正是鈴娜。

「凱伊等等。平胸精靈的餅是不是比較大？」

「說什麼呢。汝的紅豆餡才比較多吧。」

「好奸詐〜〜！」

「奸詐的是汝吧！」

鈴娜跟蕾蓮在人類特區的街道正中央互瞪。當然毫不顧慮附近的居民的目光。

「凱伊，我覺得你這個分法不太好！」

「是啊是啊。這樣老身無法接受。」

『所以再一個！』

「妳們還想吃喔！沒了啦……！」

就凱伊看來，還留有傳統點心這種嗜好品挺令人驚訝的。

北方聯邦(烏爾札)一餐只有一個麵包。東方聯邦(伊歐)也是硬用精靈森林裡的植物做成料理充飢。南方聯邦(修爾茲)的狀況也差不多。

這裡卻——

還留有最低限度的人類文化。

「西方(修爾茲)有十三座人類特區，但每座都市的生活等級好像差滿多的。」

「哦？那麼這裡算哪種等級？」

「這裡和鐵屑之都(亞基特)算比較好的，其他地方生活都相當艱困。那個米恩指揮官不是說過嗎？」

「因為這座城市戒備森嚴？」

「我也希望，可惜並不是。」

從未遭受侵攻。

如蕾蓮所說，電波塔戒備森嚴，除此之外也是因為運氣好，碰巧不在幻獸族的地盤內。

……幻獸族每隻都等同於野獸的王者。

……沒有比他們更善變的生物。

不會像惡魔那樣堅持要攻陷人類特區，也不會像蠻神族那樣發動計畫性的侵略。

會因為心情不好這種原因破壞人類的都市，發洩夠了就停止破壞。

「這座電波塔周圍的地區之所以安全，或許主要是因為幻獸族心情好。」

「哎，也是。人類特區對那些傢伙巨大的身軀而言太過狹小了。比起這麼小的領土，侵略其他聯邦的魅力遠大於此。」

精靈巫女咬緊牙關。

「老身也跟牙皇有過節，很想趕快去找那傢伙的巢穴……凱伊，還不能出發嗎？」

「再一下。要在這邊等貞德。」

人類特區「耿加・伊」的入口處。

凱伊在電波塔前面左顧右盼。雖說是人類特區，民眾的數量屈指可數，路上大多是傭兵。

其中。

「凱伊，久等了。」

身穿閃亮深灰色鎧甲的指揮官，從電波塔走出。

後面是花琳，以及揹著貨物的莎琪跟阿修蘭。

「米恩指揮官同意了。她願意借烏爾札人類反旗軍一輛車。隨時可以出發。」

「謝謝，貞德。」

「——無關緊要的小事就說到這邊吧。」

貞德難得露出「唔」的表情。

理由凱伊也猜得到。

「荒野的傭兵王。擁有這個別稱的阿凱因．希德．柯拉特拉爾，正在往修爾茲的舊王都移動。因為那裡成了幻獸族的巢穴。」

「嗯，我有聽說。」

「我也知道我們第一次見面的時候，你就提過『希德』這個名字。不過那男人有那麼令人在意嗎？」

光因為對方叫希德，就跑去見荒野的傭兵王。

會不會太輕率了？

貞德講得很委婉，言外之意卻再明顯不過。

「米恩指揮官也說了，再等三週，阿凱因的傭兵部隊就會回來。到時候再見他也不遲吧？」

貞德清了下喉嚨。

「我不是在責備你。只不過，電波塔外的那一大片草原全是幻獸族的地盤。你沒必要冒險行動吧？」

「我明白。冷靜一想或許是這樣沒錯。」

「……你的意思是你欠缺冷靜？」

「不是。我也冷靜思考過。只是其他人大概不覺得我冷靜。」

……現在的妳或許不記得。

……但我一直是這樣不是嗎？

凱伊在內心對青梅竹馬貞德苦笑。

『我不會嘲笑別人的志向，只會調侃凱伊的態度啦。因為我每次這樣講，凱伊的臉就會變得氣鼓鼓的，所以才會覺得好玩嘛。』

『……哦，是這樣喔。』

『那已經是好幾年前的事了呢，凱伊忽然嚷著說「我看見希德的劍了」。』

他一直追隨著希德的足跡。

……從我還在正史世界的時候就是這樣。

……即使其他人覺得我欠缺冷靜，還是堅持到了現在。

結果導致他發現世界座標之鑰，遇見鈴娜，甚至導致讓他能在這個殘酷的世界存活下來的結果。

這個世界存在希德之劍。

他不認為擁有希德之名的男人存在也是巧合。

「鈴娜跟蕾蓮也在，不用擔心。就算被幻獸族發現，我也沒打算隨便跟他們開戰。」

「……但是……」

「啊——我懂了！我看出來了！」

始終保持沉默的鈴娜忽然大叫。

指著不安的貞德。

「貞咪，妳又在打凱伊的主意對不對！其實妳是想找個理由跟凱伊一起來吧。休想得逞！」

「什麼！」

男裝指揮官滿臉通紅，甚至連耳朵都瞬間染上紅色。

「鈴、鈴娜，妳在說什麼！我——」

「凱伊，離遠一點。這隻貞咪很危險。」

「我哪裡危險！……總、總而言之，為了避免引起誤會，我先說我並不反對。只是希望你們小心點。」

鈴娜仔細觀察貞德。

那意有所指的視線令貞德移開目光，用原本的聲音說道：

「我等等要跟巴爾蒙克指揮官和米恩指揮官為今後的發展召開會議，要是有什麼狀況，立刻聯絡我。」

「有阿修蘭幫忙開車就沒問題了。連幻獸族都甩得掉。」

「……真是。把我捧得這麼高。我連續開了幾十小時的車，累得要死耶。」

阿修蘭握緊車鑰匙。

莎琪似乎已經迅速把行李放進後車廂了。

「喂，走嘍，凱伊。趕快把事情辦完，趕快回來。總之只要見到那個叫希德的傢伙，你就滿足了吧？」

「嗯。」

「唉～可愛的女生也就算了，我可沒興趣特地跑去看粗獷的傭兵啊。而且這輛車真大。」

阿修蘭抬頭看著停車場的車。

裝甲運兵車。

整輛車都用堅固的裝甲覆蓋住的裝甲車。最高時速一百二十公里。是用來擺脫在地上奔跑的幻獸族的特製品。

「連我都是第一次開這麼大臺的車……」

「該你好好表現了，阿修蘭。」

凱伊對嘆著氣這麼說的夥伴點了下頭，坐到副駕駛座。

＝＝

庫連馬德魯電波塔，三樓。

獅子王巴爾蒙克坐在他分配到的賓客室的沙發上，緊閉雙眼，彷彿在沉思。

「……我是悠倫聯邦人民的希望。率領人類反旗軍的隊長。」

『是嗎？』

「為了打倒宿敵聖靈族，十三歲時志願加入傭兵隊。我到現在還記得，上一任指揮官經過時，我抓著他請他收我當部下。當時的我也真夠亂來的。青春啊。」

『哦──』

「在那之後，我就將人生花在與聖靈族交戰上。妳知道嗎？」

『鏡光不會干涉。無所謂。』

「給我認真聽──！」

他往眼前的桌子上使勁一捶。

放在桌上的玻璃杯被震得晃來晃去，裝在裡面的不是水，而是深藍色的小人少女。

「我現在在講非常重要的事！」

『與鏡光無關。人類的個體怎麼樣不重要。比起這個，水，水。』

瓶子裡的黏稠生物，將雙手伸向空中。

擺動雙手的動作像貓在招手般莫名可愛，低頭看著她的獅子王，表情卻充滿厭惡。

『鏡光要求提供水。對於肉體重生不可或缺。水，重要。』

「……唔。為什麼我非得給妳水。」

『悠倫人類反旗軍，規則第七十三條之二，禁止對俘虜的差別待遇。因此鏡光要求提供水。』

「……妳怎麼這麼清楚？」

『鏡光看了掉在戰場上的書。鏡光看過一次就不會忘。』

「……狡猾的傢伙。拿去，這樣妳就沒意見了吧！」

他打開瓶蓋，往杯子裡倒水。

大量的水朝玻璃杯裡的六元鏡光迎頭淋下，這名聖靈族英雄看起來卻很舒服。

『還要。』

「妳這傢伙是不是已經喝了一公升的水？」

『還要更多。』

黏稠生物的身體有如吸水的海綿，迅速吸入水分。然而吸收了那麼多水，六元鏡光的身體依然只有小拇指的指尖大。

『還要一百公升。』

「一百公升……！哪來這麼多水。水對人類而言也是很珍貴的。」

『那砂糖。』

「砂糖？去廚房問一下應該能要到一些，不過為何需要砂糖？」

巴爾蒙克低頭盯著六元鏡光。

連精通跟聖靈族戰鬥的他，對聖靈族的生態都稱不上熟悉。再說，他還是第一次聽說聖靈族需要水。

「砂糖是能量來源嗎？」

『能量轉換效率很高。只要有水、砂糖和陽光，就能加快肉體的再生速度。』

「鹽巴不行？」

『鹽巴會搶走水分。會乾掉。不好。』

「……知道了。只要一些的話我去幫妳拿。但這是我施捨給妳的溫情。我不會再為敵人雪中送炭。」

『不是炭，是砂糖。』

「我知道！只是譬喻！」

他忍不住按住頭。

不行，跟這隻生物講話會頭痛。

「總之，貞德指揮官和米恩指揮官在叫我，所以我要走了。趕快進項鍊裡，躲在墜子的

部分。」

『咦……』

「咦什麼咦！我等等要開會。」

『鏡光要在這裡曬太陽。放心去吧。鏡光不會在幻獸族的聯邦引起騷動。』

「…………真的嗎？」

他用疑心重重的目光仔細觀察藍色小人。

『鏡光如果有遵守約定，你就要給鏡光砂糖。這樣如何？』

「行。但妳如果敢在我離開的期間離開房間半步，今後我一滴水都不會給妳。妳直接乾掉我也不管。」

『了解。』

「嗯，那我就——」

『啊……最後想問一個問題。』

六元鏡光輕輕跳了下。

靈活地跳上杯緣坐著。

『其他人在哪裡做什麼？鏡光想跟叫凱伊的人類，還有叫鈴娜的「某種生物」對話。』

「凱伊啊。那傢伙剛往聯邦的舊王都出發。」

『嗯？鏡光沒聽說。為何？』

「誰知道。他好像有個想見的人，等不及對方回來就跑出電波塔（這裡）了。」

『…………』

人類外型的六元鏡光沉默不語。

『是牙皇拉蘇耶嗎？』

「怎麼可能。如果他擅自決定做這麼危險的事，我一定會阻止他。對方是如假包換的人類。不過妳這個聖靈族八成不會有興趣。」

『鏡光還是問一下。是怎樣的人？』

「我也不知道該怎麼回答。妳應該不認識荒野的傭兵王阿凱因・希德・柯拉特拉爾吧。」

『——希德？』

獅子王巴爾蒙克沒有發現。

六元鏡光唸出這個名字時，語氣參雜些微的驚愕。

『鏡光想知道更多。關於那個叫希德的人類……』

「開會時間到了。之後再說。」

『啊！等等人類，鏡光還沒說完。喂——！』

門「啪噠」一聲關上。

獅子王很快就離開房間，只留下六元鏡光待在這。

『…………』

聖靈族英雄看了陽光灑落的窗戶一眼。

『希德，你在這個世界嗎？……不可能。這樣的話，那個希德是什麼人？』

她難得悔恨地呢喃：

『糟糕。早知道鏡光也跟過去。』

3

修爾茲聯邦，舊王都拉克賈爾．夏。

花與風車之都——

曾經擁有這個美稱的土地，被碎掉的磚塊及灰燼掩埋，變得連春天都寸草不生。

『幻獸族的食量全都很大。看到有美味的花盛開，不可能忍得住。』

裝甲運兵車在平坦的大地上行駛。

蕾蓮的低語聲傳到駕駛座。

『那些傢伙不懂蹂躪花朵，還在人類住的都市裡頭開砲，害大地化為焦土。儼然是人類滅亡的縮影。相較之下，這片平原還看得見草木，已經算好了。』

通往舊王都的平原被柔和的薰風籠罩，裝甲車下的地面長著如同地毯的矮草，像草坪似的。

遼闊的原野——

四聯邦中面積最大的修爾茲聯邦，本來是遊牧民族生活的土地。

『唔嗯。風也很舒服。到車外果然是正確的抉擇。一面欣賞和平的平原，一面享用剛做好的草餅……嚼嚼……嗯。還不壞。』

『啊，妳好詐！妳又有草餅了！』

『這是老身用零用錢買的。鈴娜，不甘心的話汝也該在剛才那座城市先買好。』

「那個……兩位？麻煩冷靜點。」

凱伊婉轉地制止在裝甲車外面嚷嚷的兩位少女。

自己跟莎琪，以及正在開車的阿修蘭在車內。兩人從未間斷的聲音，則是透過通訊機從車頂上傳來。

「我知道妳們嫌待在車裡悶，不過太興奮的話，小心從車頂摔下來喔？」

『我沒事呀？』

『老身也是。只不過是坐在車頂上而已。在古代樹的樹枝上跳著移動，遠比這更需要膽量。』

「……妳們真有精神。」

癱在座位上的莎琪心不在焉地回應。

「幻獸族不都是那隻巨獸（貝西摩斯）或疾龍之類的生物嗎？不曉得什麼時候會遇見他們。人家好擔心……」

『無須憂心。幻獸族很難遇到。』

「是嗎……？」

『汝仔細想想看。想找鯨魚於是潛入海裡，有那麼容易找到嗎？幻獸族個體數量也少。除非運氣差到極點，碰巧跟他們擦身而過或是找到巢穴，否則遇不到的。』

「但願如此。」

阿修蘭手握方向盤，疲憊地應聲。

「總之麻煩妳們幫忙監視。這片原野還有長草，表示跟幻獸族的糧食庫差不多吧。我可不想被餓肚子的怪物襲擊喔。」

『好像沒問題，地平線什麼都看不見。』

「喔，真的嗎，鈴娜小妹？」

『可是幻獸族跑很快，等他們出現在地平線的時候才逃就太遲了。』

「妳講話真不留情！」

「在被幻獸族發現前搞定吧。怎麼想那都是最佳方案。」

凱伊比較著聯邦地圖及車窗外的景色。

「阿修蘭，就在前面。舊王都（拉克賈爾‧夏）成了幻獸族的巢穴，所以不能隨便靠近，他們好像在前面的廢墟布陣。」

「那個荒野的傭兵王對吧。對喔，你以前就一直在問有沒有人認識希德。」

「……對方說不定跟我知道的希德不是同一人。」

「啊？什麼啊，所以是完全不認識的人？」

「我不會在本人面前問這個。我們只是以烏爾札人類反旗軍派遣隊的身分，去跟對方接觸。」

傭兵王阿凱因受僱於西方（修爾茲）的人類反旗軍。

北方（烏爾札）的人類反旗軍既然是今後將並肩作戰的同志，應該需要迅速進行交流。他們就是用這個名義來到這裡。

『啊！凱伊，我看到了。那邊的地平線有像建築物的影子！』

『推測是人類的大樓。』

鈴娜與蕾蓮的聲音漂亮地重疊。

以望遠鏡觀察遠方的凱伊，也看見綠色的地平線盡頭隱約浮現灰色的大樓群。

「莎琪，有辦法聯繫對方嗎？」

「我們是烏爾札人類反旗軍，現在將去跟各位致意。這樣行嗎？」

「可以。」

凱伊點頭回應握緊通訊機的莎琪，屏息以待。

「剩下就要看本人（希德）的意思了……」

學術都市倫・朱。

大樓群被破壞得不留原形，瓦礫山散落一地。踏進其中一步的瞬間——

猛烈的惡臭刺進凱伊鼻間。

「哇，這什麼味道！阿修蘭，難道是你放屁……？」

「說、說什麼蠢話。是說這股臭味是怎樣。腐臭嗎！就算是生物死掉也不太會臭成這樣啊！」

「……你們兩個都退到後面。搞不好是從地底漏出來的毒氣。」

凱伊邊說邊迅速後退。

臭味是從瓦礫對面傳來的。

「幻獸族。」

「嗯？」

「巨大野獸的氣味……我想這大概是幻獸族的味道。」

鈴娜板起臉來。

對嗅覺比人類更加敏銳的鈴娜來說，這肯定是近似拷問的惡臭，但她不僅沒有後退，還直線走向瓦礫之路。

「鈴娜，此話當真？老身在精靈森林從未聞過這股氣味，所以無法判斷。」

「應該不會錯。在這邊——」

話講到一半，鈴娜忽然停下腳步。

「凱伊，那個。」

「唔，那灘黑色的水……是血嗎！」

眼前是一大灘積滿有如煤焦油的黑色液體的泉。

彷彿要阻擋在瓦礫道路前方。

血跡？不只這座大泉，滴到地上的血跡延續至大樓後方。

「看起來像幻獸族的體液。但老身不想親手確認。」

「喂喂喂，幻獸族的血這麼臭喔！喂，凱伊，你不是對這方面很了解嗎？」

「……我也毫無頭緒。」

人類庇護廳的紀錄，沒有記載這部分。

因為沒道理特地留意幻獸族血液的味道，將其記錄下來。

臭味的源頭。

就在大樓轉角處——

推測是幻獸族的黑色巨鳥，流著黑色汙血倒在地上。

「這、這是幻獸族對吧？」

「這……這傢伙是什麼！牠、牠不會動耶……？」

大小跟大象差不多。

由於牠的身體摔爛了，很難目測，不過張開翅膀應該會更大。翅膀是黑鴉般的漆黑色，陽光照射到的部分看起來卻在發光。

……一動也不動。

……沒力氣了？

巨鳥流出大量的血液，這一大灘血泊，就是惡臭的來源嗎？腐敗了？

還是一開始就這麼臭？

「怪鳥吉司。」

這時，瓦礫掉在地上的聲音傳來。

隨著這股微弱的氣息，傭兵一個個從廢棄大樓後面走出。

「你們是……」

總共二十人。

全是會讓凱伊顯得身材嬌小的壯漢，特徵在於許多人的臉上或手臂上都留有舊傷。

「牠是在這座廢墟上空盤旋的斥候。附著在地上的血帶有劇毒，最好不要碰——先不說這個了，你們五位就是剛才聯絡過的烏爾札人類反旗軍的傭兵，我的理解沒錯吧？」

用眼罩遮住一隻眼睛的傭兵站上前。

肩上扛著反器材步槍，推測是用來對付幻獸族的。

「那兩位的裝備應該是人類反旗軍的，另外三位的裝備倒不常見。」

莎琪和阿修蘭身穿軍裝。

凱伊的服裝是人類庇護廳給的配給品，鈴娜及蕾蓮則身穿精靈的靈裝。在不知道他們真實身分的傭兵眼中，八成會覺得這群人是「兩名傭兵及三個身穿陌生服裝的人」。

「啊……那個，我們是烏爾札人類反旗軍的派遣隊沒錯。這三位嚴格來說不是傭兵，不過類似新加入的。因為缺乏物資之類的問題，請原諒他們的打扮不一樣。」

阿修蘭抬起一隻手回答。

「西方(修爾茲)的米恩指揮官應該也有通知你們，烏爾札和悠倫的人類反旗軍於今天早上抵達。」

「你是？」

「我是隸屬於烏爾札人類反旗軍的上兵阿修蘭。旁邊這位是上兵莎琪。這三個人也是跟我們共同行動的。呃，他們是……」

「世界座標之鑰的男人嗎？」

唰……堅硬的鞋底踩在沙子上的腳步聲傳來。

魁梧的傭兵們往左右讓開，宛如分成兩半的大海。一名男子從中走出，身影浮現於陽光下。

「！」

凱伊的心臟劇烈跳動。

第一次見面的對象。明明他們照理說從未見過面。

……怎麼回事？

……手掌不停冒汗。

是因為緊張嗎？

「本來以為來的會是靈光騎士貞德。這個發展真令人意外。」

男子手中握著厚重的短機關槍。

面貌精悍，五官深邃，眉目銳利。聲音帶有威嚴，足以讓他人屈服。

「阿凱因大人！」

「這邊交給我處理。你們繼續戒備，怪鳥群聞到味道聚集過來都不奇怪。」

那人迅速下達指示。

於兩旁待命的部下們行了一禮，立刻在瓦礫道路上奔走。這段期間，凱伊始終沒有開口。

是不同人。

跟人類庇護廳記錄的「疑似先知希德的人」的外型、服裝、體格都不一樣。

……不是我知道的希德。

……他的武器是槍，不是劍。

先知希德和傭兵王希德是不同人。

光查明這一點，應該就能消除盤據於腦海的謎團，但不知為何，凱伊的嘴脣逐漸失去水分，甚至帶來疼痛。用不著自問，他也知道原因。

世界座標之鑰——

剛才，這名男子確實說出了希德之劍的名字。

「我沒道理拒絕烏爾札人類反旗軍、悠倫人類反旗軍雙方的協助。因為人手沒充足到可以拒絕援軍的地步。」

傭兵王（阿凱因）把槍收進大腿的槍套中。

「但我的部隊是我的私兵。若你們希望共同作戰，我很樂意，不過我的士兵由我命令。幫我跟貞德指揮官說一聲。」

「……是！」

阿修蘭緊張地敬禮。

傭兵王阿凱因彷彿對他毫無興趣，將視線移向——自己（凱伊）。以及背上的亞龍爪。

「你就是——」

「欸欸，凱伊，這個人就是希德嗎？」

鈴娜悠哉的聲音，蓋過傭兵王的話語。

「喂、喂，鈴娜小妹！等等……不能這樣跟人家講話！」

「對、對呀！他好歹是傭兵部隊的指揮官。還有其他叫法吧，例如阿凱因大人或希德大人之類的！」

「……希德嗎？」

面無表情。

至少在凱伊眼中，傭兵王如此呢喃時，他從他臉上看不出任何情緒。

「我很久沒被人這樣叫過了。叫凱伊的。」

「荒野的傭兵王阿凱因閣下，我有個問題想請教你。」

沒有回應。

……隨便你問，可是要不要回答由我決定。

……像這種感覺。

希德直立於原地不動，凱伊正面承受他的目光。

「你認識先知希德這位男性嗎？」

「────」

「我在調查那個人的情報。他跟你剛才說的世界座標之鑰也有關係。你是不是知道些什麼……」

「他是誰？」

「咦？」

「有一把名為『世界座標之鑰』的強力的劍。那是這個世界的事實，有人知道它的存在並不奇怪。僅此而已。」

「……那先知希德呢？」

「沒聽過。」

他否定的語氣隨便到令人錯愕。

「不管你說的先知是誰，我就是這個世界的希德。」

「什麼意思──」

「我要殲滅這個世界除了人類以外的所有種族。」

傭兵王希德坦蕩蕩地宣言。

語氣從容不迫又信心十足。

「淨化惡魔族，砍伐蠻神族的森林，燒燬聖靈族的巢穴，獵殺所有的幻獸族。無一例外。將他們殲滅到一隻都不剩。」

「……汝說什麼？」

精靈巫女的聲音低沉又冰冷。至少蕾蓮跟自己(凱伊)說話時，語氣從未有過如此明顯的怒氣。

蠻神族對敵人(人類)表露的憎惡情緒。

「……要砍伐咱們的森林。汝是這麼說的嗎？」

聽見這句呢喃的，大概只有在她身旁的凱伊。站在旁邊的鈴娜也因為傭兵王對「人類以外」的存在表現出的態度，表情迅速蒙上一層陰霾。

蠻神族(蕾蓮)和異種族(鈴娜)，雙方抬頭看著他——

「我要讓世界變成人類的土地。首先是這個修爾茲聯邦，這事我也跟人類反旗軍的米恩指揮官談過。」

「……這再怎麼說都太誇張了。」

凱伊擠出微弱的沙啞聲音。

先知希德之所以獲勝，是因為人類還在五種族大戰中苦撐。

也就是逆轉「不利」的戰況——

傭兵王希德的野心卻更在其上。

已經「輸掉」這場五種族大戰的人類，竟然要殲滅四種族，站上頂點？

……太不知天高地厚了。

……人類可沒剩多少糧食和武器。

「你們遲早會知道。」

傭兵王表情沒有絲毫變化。

「靈光騎士貞德的目標不也差不多嗎？」

「不。我們的指揮官貞德的目標，是解放人類擺脫其他種族的支配。他認為這樣的成果就足夠了。」

過大的野心，只會害人類趨於逆勢吧。

倘若惡魔族真的動怒——

若他們企圖殲滅人類，烏爾札聯邦想必會輕易淪陷。是因為東方的蠻神族與西方的幻獸族在盯著他們，才沒有演變成這個狀況。

「現在的人類(我們)處境艱困。光要抵抗其他種族就竭盡全力了，我想不到半個有辦法勝過他們的要素。」

「有。」

「咦？」

「預言神就是為此而存在的。你以為只有一個嗎？」

「……你說什麼？」

凱伊瞪大眼睛，凝視站在身前的「希德」。

他的頭上——隱約看得見巨大的物體，如同海市蜃樓。這股錯覺猛烈地襲向凱伊。

仔細一想，祈子阿絲菈索拉卡暗示過。

『先知貞德。由妳代替希德，成為這個世界的英雄。』

『這個世界包含妳在內，有數名代替希德的適任者候補。』

……正史的希德受到預言神阿絲菈索拉卡的引導。

……而我擅自認為，代替希德的人就是貞德。

原來不只一個。

這個世界的傭兵王「希德」。以及引導希德的其他預言神。

「等一下，這樣的話你也——」

「凱伊，危險！」

鈴娜的尖叫聲響徹瓦礫街道。

她一抓住凱伊的手臂，就硬把他往後拉。連蕾蓮都抓著凱伊的手。

「在上面！」

什麼東西？

凱伊腦中瞬間閃過疑惑，視線範圍被漆黑色的翅膀填滿。

轟！巨大振翅聲響起的下一刻，暴風雨般的狂風用力捲起沙塵。

「還、還有一隻！阿修蘭，人家怎麼沒聽說！」

「別、別問我！是說，情況不妙啊！」

怪鳥吉司。

擁有烏鴉般的黑翼的幻獸族，貼著大樓屋頂朝這邊飛來。

異常小的眼球——

跟全長近十公尺的身軀不相襯的小眼球，以凶惡的目光瞄準目標——殺死其中一隻斥候的人類。

「聞到味道了嗎？比想像中還快。」

「阿凱因！」

怪鳥揮下翅膀，粉碎柏油路。

與其說翅膀，更接近巨大的斧頭。面對從頭上釋放的猛烈攻擊，傭兵王以零點數秒的時間差閃開。

宛如在空中飄舞的羽毛。

完全感覺不出經過鍛鍊的鋼鐵身軀該有的重量感，動作輕盈且俐落。

「不過你太慢了，野獸。」

他的雙手已經拿起自動手槍。

什麼時候拔槍的？雖說有沙塵遮蔽視線，傭兵王的動作快到凱伊的肉眼跟不上。

「——」

槍口幾乎呈九十度。

準心從怪鳥的嘴巴移至頭部，傭兵王卻沒有扣下扳機。

「……已經群聚了嗎？」

槍口朝向天空——

飄著稀疏白雲的蒼穹上，浮現鮮紅色影子。跟怪鳥吉司一樣拍動巨大翅膀，高速飛來。

那是一隻龍。

「是亞龍！」

「亞龍？……這傢伙嗎！」

聽見蕾蓮喊出的名字，凱伊抬頭凝視上空的存在。

如同熔岩的紅黑色亞龍。

凱伊待過的人類庇護廳，就是參考這隻幻獸族的爪子設計出亞龍爪。反過來說，這個敵人就是能給予人類如此強大的衝擊。

火焰漩渦——

據說牠是身體雖然比龍小一個等級，吐出來的氣息卻能夠在一夜之間燒燬一座都市的災厄之獸。

「糟糕！所有人躲到大樓後面！」

火焰暴風。

亞龍吐出的紅蓮狂風吹散瓦礫山，在大樓縫隙間肆虐。

高聳的火牆如同巨浪般湧上。

「不行，會連同大樓一起被火焰吞沒！」

「大、大家快逃！遇到這種對手只能撤退了！」

不是指特定對象，而是所有人。

一行人幾乎在同一時間從大樓後面衝出，背對著火牆全速奔向停在空地的裝甲運兵車。

只有一個人不在其中。

「阿凱因……！」

「凱伊，別停下！現在沒空擔心別人！你一停下連我們都會全滅！」

阿修蘭指向上空。

怪鳥吉司、亞龍，除此之外還有四隻巨大的影子在逼近。

……這就是幻獸族。

……個體強度最強。所有種族都難以望其項背的頂尖種族……！

世界座標之鑰也對付不了會飛的敵人。

鈴娜的法術大概射得中，不過要同時以那六隻幻獸族為敵，只能以有勇無謀形容。

「凱伊！」

「嗯。」

凱伊翻身追向跑在最前方的阿修蘭。

鈴娜及蕾蓮跳到裝甲運兵車的車頂上。阿修蘭跳上駕駛座，發動引擎，凱伊也跟著莎琪衝進車內。

「沒時間繫安全帶了！」

載了五個人的裝甲車開始移動。

遠離在背後膨脹的火焰。

「阿修蘭，快點快點，不快一點的話，萬一那個火引爆什麼東西，我們就完了！」

「跟路上的瓦礫抱怨去！凱伊！」

「——本部通訊班。聽得見嗎？這裡是烏爾札人類反旗軍第八車輛！」

凱伊發送訊息至遙遠的草原彼方的電波塔。

通訊對象是修爾茲人類反旗軍的本部通訊班。

『這裡是通訊班。怎麼了嗎？』

「緊急狀況。幻獸族在往學術都市倫．朱群聚。包含亞龍在內共有六隻，全是大型種。沒有對空兵器的我們無法應戰。」

『……請等一下。阿凱因傭兵部隊也在那裡……』

「下落不明。」

傭兵王阿凱因及他麾下的傭兵部隊位在亞龍火焰的中心。無法判斷那些人現在的狀況。

「看起來……好像被火吞沒了。」

『阿凱因先生嗎！』

女通訊技師的聲音顫抖著。

『米恩指揮官正在開會，我馬上緊急聯絡她！』

「麻煩盡快。可以的話麻煩派援軍過來，跟我們在中間地帶會合。」

他迅速傳達現狀，緊咬下脣。

被迫面對現實了。

三隊人類反旗軍集結在一起，正想並肩作戰，卻被迫面對即使如此仍然無法彌補，再明顯不過的種族差距。

『……這可真棘手。』

車內一片沉默。

只聽見坐在車頂的精靈巫女細微的聲音，透過通訊機傳來。

『在與牙皇拉蘇耶對峙前，要如何打倒那些大傢伙……』

4

修爾茲聯邦，西南部——

一行人抵達被大草原包圍的湖邊時，已經有十輛裝甲運兵車在那邊排成一列。

「貞德大人！非、非常抱歉。我們……」

「貴官沒有任何過失。被幻獸族的群體包圍，還能生存下來，已經值得讚許了。」

莎琪和阿修蘭跳下裝甲車。

慰勞兩人的是身穿鎧甲的貞德。她繃緊嘴角，語氣也透露出緊張。

「情況我大致明白了。聽說傭兵王（阿凱因）先生的部隊駐守的學術都市（倫·朱）遭到襲擊，淪為一片火海。」

貞德看了凱伊他們搭乘的裝甲運兵車一眼。

後半部燒得焦黑。

是亞龍炙熱的吐息所致，再慢一步，整輛車都會被炎浪吞沒。

待在後方的烏爾札人類反旗軍的部下們也難掩動搖。或許是光想到其業火的威力，就令人毛骨悚然。

「貞德大人，那個……傭兵王（阿凱因）先生有沒有傳來聯絡……」

「還沒。」

獅子王默默站在一旁，神情凝重。

「阿凱因那傢伙經常疏於聯絡。無須著急。我不認為擁有此等實力的男人，會因為這點小事丟掉性命。或者——」

隔了一拍。

巴爾蒙克往他們來自的電波塔的方向看過去。

「只要在本部待命的米恩指揮官收得到他的聯絡就行。不過，我們該做的事有兩件。一是和撤退部隊（你們）會合。這個任務可以說在此刻順利達成。」

烏爾札人類反旗軍的莎琪、阿修蘭，以及凱伊、鈴娜、蕾蓮。

獅子王依序望向五人，雙臂環胸。

「二是偵察學術都市倫・朱。萬一亞龍的火焰引爆大樓裡的什麼東西，會釀成嚴重的火災。搞不好整片草原都會燒掉。就算不論這一點，阿凱因的部隊可能還留在那裡。」

「那、那個，貞德大人……那我們要……？」

「貴官等人回電波塔休息即可。好不容易逃過一劫，不能再給你們增添負擔。」

貞德如此回答，視線有一瞬間望向凱伊。

「凱伊也──」

「等等，貞德。我有件事想確認。」

「咦？」

「剛才的狀況只能撤退，我也不覺得那個決定有問題。可是，有件事我沒確認到。」

「等、等一下，凱伊！你該不會想回去那裡吧！」

莎琪忍不住尖叫。

「貞德大人不也說了？之後就交給貞德大人，我們最好回去。撤退也是一種策略。」

「我也有同感。」

巴爾蒙克加強語氣。

同時露出銳利的目光皺眉。

「你們的車也沒搭載足夠的對空武器。萬一要跟幻獸族交戰，只會重蹈覆轍。身為指揮官之一，我很難下達許可。再說，若有非得要你回頭的特殊原因也就算了，那種東西──」

「有的。」

「是嗎，沒有啊。那就…………嗯？」

巴爾蒙克頓時不知道該如何回應。

「是我聽錯嗎？凱伊，你的意思是？」

「我有件事想確認。牙皇不知道什麼時候會出現。可以的話，我想在正式開戰前把我的——這是！」

凱伊話還沒說完。

綠色大地便震動起來，大氣產生劇烈的波動。緊接著而來的並非地震的鳴動，而是超重量的陣陣腳步聲。

以及野獸的咆哮。

「……貞德大人！」

烏爾札人類反旗軍的傭兵指著地平線吶喊。

清一色綠色的平原冒出黑點。除此之外，地平線上和空中也有黑點。

黑點迅速膨脹，描繪出威猛野獸的輪廓。

「追過來了！」

「幻獸族！目標是我們嗎！」

嘈雜。

在場的傭兵同時不寒而慄。他們明白了。在計劃前去偵察敵情的途中，發現自己的誤解。

——在這個聯邦遭到狩獵的那一方……

——是人類自己。

而且地平線上的巨大影子數量也迅速增加。

「偵察班！」

獅子王怒吼道。

「那些傢伙數量有多少！」

「如、如報告所述。怪鳥吉司和兩隻亞龍、一隻疾龍。兩隻不明浮游生物。推測是銜尾蛇的幼體。」

「總共六隻嗎？」

「不、不對！」

士兵拿著望遠鏡凝視地平線，一動也不動。

「地平線後方出現大群蜥蜴王（Basilisk）！數量超過二十！」

「怎麼可能，牠們的棲息地可是在西方的大沙漠。不可能離開那塊區域。而且為何會有這麼多幻獸族聚集成群？」

「巴爾蒙克閣下！」

「我明白，貞德閣下——諸位，變更作戰計畫！」

獅子王的聲音傳遍四周。

地鳴聲緩慢增強，於空中翱翔的亞龍也現出身形。

「撤退。全速撤退至電波塔！」

「是！」

每個人都一溜煙地衝向裝甲運兵車，有如四處逃竄的小蜘蛛。

「凱伊，上車，慢吞吞的會被那些傢伙踩扁！」

「嗯，這種情況實在不尋常。」

阿修蘭向他招手，凱伊點頭跳到裝甲車上。

……這麼大群的幻獸族？

……而且連蜥蜴王都出現了。一般來說絕對不可能發生這種事。

獅子王下令撤退也是理所當然。

目前從地平線盡頭追來的幻獸族群，明顯是從未有過的規模。凱伊不認為牠們是偶然群聚在一起。

……幻獸族在聽從特定對象的指示行動？

……若是如此，有能力這麼做的——

「該不會……」

『全軍跟上！不用管隊形，總之全速離開這塊地區！』

所有裝甲運兵車同時發動。

草原的草噴上空中，如脫兔般直線前進。

「可惡，結果又要玩鬼抓人。我們可是拚了命才逃到這裡耶！」

「阿修蘭，快點快點，把速度提升到時速兩百公里！」

「別強人所難了。再快下去方向盤會沒辦法控制啦！」

時速一百二十公里。

本來只有在整備過的高速公路上才能用這種速度開車。大地的斜坡及凹凸不平的路面等些微的起伏處，會對車輪造成顯著的負擔。

——全速前進，以免被抓到。

——然而要是有一瞬間操作失誤，車輛就會當場打滑。

「鈴娜，狀況如何？」

『目前不用擔心。』

鈴娜的聲音從車頂傳來。

『這個速度沒問題。幻獸族應該也追不上。就算有一兩隻追過來，那點數量由我趕跑就行。』

「別勉強。其他車還有對空砲。」

裝甲運兵車共有十一輛。

其中十輛是接獲緊急聯絡趕來的援軍，車子後面裝了對空砲。

……追得上我們的只有疾龍吧。

……如果只有那一隻，對空砲同時開砲就能擊落。

貞德與巴爾蒙克這兩位指揮官應該也是這麼想的。

因此，現在他們才會只顧著穿過這片草原。

『老身第一次感謝人類的道具。』

蕾蓮吐出沙啞的嘆息。

『喂，凱伊，這輛車還能跑多久！老身先告訴你，蜥蜴王天性固執，是會追著獵物從沙漠的一端跑到另一端的生物喔！』

「沒問題，還能繼續跑。假如牠們想直接追到本部，就用那邊的大砲伺候牠們。」

阿修蘭握著方向盤，激動地吼回去。

「喂，莎琪，那些傢伙現在怎麼樣了？」

「……對、對耶！真的。牠們的身影愈變愈小了！」

莎琪坐在後座握緊望遠鏡。

「太好了。什、什麼嘛，輕鬆甩掉！」

『全軍繼續前進。那些傢伙好像要返回學術都市（倫·朱），我們也回到電波塔，重新制定作戰計畫。』

巴爾蒙克向全體人員傳達。

『傭兵王的部隊依然下落不明，不過——————！什、什麼狀況……！』

龜裂。

大地呈橫向一直線裂開，阻擋人類反旗軍的進路。

在猛烈的沙塵中，地面凹陷出一個大洞。巨蛇般的生物爬出深不見底的缽狀洞穴。

岩盤碎裂——

從底下出現的，是身體遠比電波塔巨大的怪物。

『什麼！多麼巨大，這傢伙也是幻獸族嗎！』

『地母龍！』

「是地母龍！」

蕾蓮及凱伊的咆哮聲重疊在一起。

……在正史也被視為幻之生物的龍。

……生命力異常頑強，連在五種族大戰中，直到最後都沒有擊殺牠的紀錄。

特徵是和蛇類似的流線型身軀的龍。

連在正史世界都是未知的生物。只會棲息在灼熱大沙漠的深處，過去也有說法認為這種龍才是幻獸族的英雄。

那隻怪物如同大樹，阻擋在前方。

「阿修蘭，停車。撞上去會被壓扁！」

「該死……！」

裝甲運兵車同時停下。

不，是被迫停下。以這個速度前進，八成只會掉進地母龍爬出的大洞。

「阿修蘭，別放開方向盤。」

「？喂，凱伊，你該不會要——」

凱伊手動撬開天窗，從車頂跳到外面。

同時。

凱伊現身的同一時間。

「找到了。」

聲音從上方傳來。

他瞬間產生是地母龍在說話的錯覺。然而那輕快的聲音，來自遠比地母龍更高的地方。

「有各種種族的氣味。人類、蠻神族，噢，什麼嘛，『祝福的倖存者』也在。很好。凝事的都聚集在一起。」

戰慄。

感覺到背脊竄過寒意的瞬間，凱伊拔出亞龍爪。

「所以——」

某隻生物從天而降。

站在地母龍頭部的鮮紅獸人——比凱伊還矮，體格只跟鈴娜差不多的幻獸族，從遙遠的上空降落。

凱伊抬頭仰望他時，那名獸人已經舉起一隻手。

「先解決掉就行了。」

大氣爆炸。

清脆的「啪」一聲響起。

獸人揮手的速度超越音速，產生聲爆這個物理現象，釋放肉眼看不見的破壞能量。

「凱伊，危險——」

連鈴娜的聲音都被蓋過。

往地面揮下的獸人拳頭擊碎大地，噴上空中的沙塵，比起地母龍浮上時的衝擊有過之而無不及。

「咦，沒打中？是因為我從比較高的地方跳下來嗎？」

獸人嘆息出聲，踹向眼前的裝甲運兵車。

翻覆的裝甲車。

獸人揮空的拳頭命中大地的衝擊，震得數百公斤重的裝甲車像玩具一樣彈起，當場翻過來。

「…………不會……吧……」

阿修蘭盯著翻過來的領頭車。

「那隻獸人是怎樣？那可是附武器的裝甲運兵車耶，居然跟球一樣飛那麼遠……他的力氣到底有多大啊。」

凱伊也跟他有同樣的心情。

……把裝甲運兵車當成球揍飛？

……別說跟我比了，他的體格甚至比貞德更嬌小。

從物理角度來看根本不可能。若非像巨獸貝西摩斯那樣巨大的身軀，照理說不可能做得到這種事。

——怪力亂神。

擁有無法以人類的常理說明的不自然、不可思議怪力的獸人。

精靈巫女面對著他。

「……終於見到汝了。」

殺氣騰騰地瞪視矮小的獸人。

「沒想到汝竟會主動現身……」

「哈哈。精靈，妳講這話真好笑。這裡是我的領地。我在這裡有什麼好奇怪？」

蠻神族毫不掩飾敵意。

幻獸族愉悅地看著她。

「拉蘇耶——！」

蕾蓮的怒吼響徹四方。

正面指著拉蘇耶。

「汝的暴行到此為止。在此處止步就是汝的命運！」

「命運？事到如今還要依靠那種因果？」

「……什麼？」

「真可悲。我對被命運束縛的蠻神族（妳）表示同情。」

獸人嗤笑道。

用蘊含深不可測的情緒的雙眼仰望天空，放聲宣言。

「我是牙皇拉蘇耶。命運這種東西，隨我怎麼更改。」

World.4

Chapter:

向神露出獠牙的野獸拉蘇耶

Phy Sew lu, ele tis Es feo r-delis uc l.

1

四周像被凍結似的寧靜。

拂過草原的風也在不知不覺間停下。

鳥聲、蟲鳴消失。

每個人都屏住氣息，一語不發。

安靜得彷彿能聽見精靈巫女蕾蓮咬牙切齒的聲音——

「啊啊，吵死了。」

毛皮有如烈火的獸人，緩緩抬起一隻腳。

「機械這種東西真的很吵。」

從車身下方踹向仍在運轉的裝甲運兵車引擎。

大刺刺的暴舉踢飛了翻倒的裝甲車。裝甲車宛如樹葉，旋轉著墜落於後方的地面。

『第一班！回答！』

傭兵們一個個從剩下九輛車子裡衝出來。

其中最先出現的，是部下剛遭到攻擊的獅子王巴爾蒙克。

「你這傢伙！」

「嗯嗯？呃，你是？人類每個都長一樣，難以分辨耶。是這個聯邦的那個叫人類反旗軍的組織嗎？」

「記好了，我是南方(悠倫)的指揮官巴爾蒙克。」

「悠倫？哦？」

幻獸族的英雄「牙皇」拉蘇耶。

炎色獸人靈活地擺動尾巴，仔細觀察巴爾蒙克。

「為何南方(悠倫)的人會類會在這？終於輸給聖靈族，逃過來了？」

「誰會敗北啊。只不過是在排除聖靈族前，先來狩獵礙眼的野獸。你才是，聽說你入侵了我們的土地！」

「……人類(你)……」

獸人抬起一邊的眉毛。

「你聽誰說的？」

「……！」

「只有聖靈族發現我侵略悠倫的國境。在場沒有人類。所以人類是聽聖靈族說的嗎？明明聖靈族不會說人話？會說人話的個體只有一隻。意思是，六元鏡光還活著。」

「……唔。」

「太大意嘍。誰叫你以為我只是隻野獸。」

如貓般的大眼幾乎瞪大成圓形。

凝視獅子王巴爾蒙克。

「那個賢者竟然會跑去找人類。不過反過來說，代表那傢伙已經虛弱到那個地步。該不會有一大群聖靈族跑來這邊了吧？」

「很不巧，沒有能告訴你的情報。」

「嗯嗯？你還沒搞清楚誰站在『上面』啊。喏，你也看到了吧。」

十公尺外的後方——

像顆石頭般被牙皇拉蘇耶一腳踢飛的裝甲車倒在地上冒著黑煙，徹底沉默。

「我才是蹂躪的那一方。」

率領身軀巨大如小山的地母龍的獸人。

「滅亡或屈服，人類只剩下這兩個選擇。」

「這句話我原封不動還給你。你踢飛的是我部下搭乘的車輛。」

「所以呢？」

「我要跟你道謝。」

面目猙獰的指揮官揚起嘴角。

「你踢飛了離你最近的車。算你運氣不好。這樣我的部下就不會遭受波及。」

「！」

牙皇拉蘇耶並未察覺。

眼前所有的裝甲運兵車，砲臺都朝著他。

「開砲！」

『發射。』

對空砲的近距離射擊。

能夠貫穿比鋼鐵更加強韌的龍皮，向城牆發射則能將其粉碎的大口徑兵器。那樣的武器，在僅僅數公尺的超近距離發射。

如火柱般噴發的火焰，立刻吞沒拉蘇耶和地母龍。

「差一點……」

要是沒躲到裝甲運兵車後面，凱伊八成也會被燒到。獅子王巴爾蒙克亦然。

……可是，我們也得冒點風險算計他。

……否則無法超越獸人的反應速度。

獸人是動態視力及反應速度最優秀的種族。

再加上戒心強。要是他們表現出準備發動攻勢的態度，肯定會被發現。

『指揮官，地母龍鑽進地下了——』

「別管牠！目標只有地上那隻獸人！」

龐大的火焰及沙塵中，隱約看得見地母龍正在鑽進大洞。

然而，砲口始終對著地面。

首先要擊倒牙皇拉蘇耶。

『後方的幻獸族隊伍，依然在逐漸逼近！』

「不用理。只要解決首領，就是人類（我們）的勝利。」

『第一彈，全彈射出。』

「盡速裝彈。在後面的傢伙追上前裝填完畢！」

巴爾蒙克在烈火中吶喊。

「貞德閣下，你那邊的狀況如何？」

「久等了，巴爾蒙克閣下。閣下的五名部下都救出來了，現在在我們的車內接受治療，沒有生命危險。」

沙塵中，貞德帶著部下跑過來。

——獅子王負責阻止拉蘇耶。

——貞德一行人則在背後從翻覆的裝甲車中救出傷患。

他們並未事先商量。

而是兩位指揮官自己下達判斷，採取行動。

「……打倒他了嗎？」

「不知道。聽說幻獸族十分耐打。一般的野獸早就燒成灰燼了，但貞德閣下，千萬別大意。」

巴爾蒙克向前一步。

謹慎地觀察膨脹的黑煙，右手拿起愛用的大鎚。

「可是如你所見，地母龍那麼巨大的龍一溜煙逃回地底了。代表就算是幻獸族，直接被大砲擊中也無法全身而退。」

「我也看見牙皇似乎被砲彈擊中。」

「嗯。他肯定身受重傷——」

咚。地面下陷的聲音響起。

「呼。結束了嗎？」

濛濛黑煙散開，紅蓮獸人衝了出來。儘管身上沾到了黑炭，從頭到腳卻一道傷都沒有。

「什麼！」

「你誤會了。」

巴爾蒙克面前。

如同滿月的黃金色瞳眸炯炯有神。

「我叫地母龍退下，是因為你們是我的獵物。我想獨占獵物。你不明白嗎？」

「少得意忘形了，野獸！」

巨大的大鎚揮下。

命中毫無防備地接近巴爾蒙克的拉蘇耶的頭頂，沉悶的聲響迴盪。

然而——

清脆的「砰」一聲，碎成粉末的反而是大鎚。

「……你這傢伙是怪物嗎！」

「接下來就輪到你變成這樣。弱小的生物真可悲。」

野獸的手臂朝巴爾蒙克的脖子刺出。失去大鎚的巴爾蒙克試圖向後閃躲。

聲音從他的背後傳來。

「巴爾蒙克閣下，別動——劈開吧，『月之弩』。」

劈開風的一箭。

精靈的法具「月之弩」射出的閃光，貫穿正準備襲向巴爾蒙克的獸人的額頭。

「！」

紅蓮野獸停下腳步。

凱伊沒有放過他僵住的那瞬間，全速飛奔而出。

「炸裂吧。」

衝到惡魔身前，用亞龍爪砸向他的側腹。

——引爆。

亞龍爪的刀尖炸開略式亞龍彈的火花。超高溫，再加上火藥炸裂伴隨的衝擊，會將敵人的外殼徹底破壞。

只要命中要害，其破壞力連巨獸貝西摩斯都能打倒的一擊。

……在正史製造出來的近距離破壞彈。

……你不可能躲得了沒看過的炸彈。

「真懷念。」

電流般的惡寒。

前所未有的惡寒，竄過凱伊的全身。

拉蘇耶若無其事地站起來，當然也令人震驚，不過更重要的是那句話——

「五種族大戰的時候，希德身邊的部下有類似的武器。」

「拉蘇耶！難道你……」

「彼此彼此啊。」

毫髮無傷的獸人輕笑道。

「擁有希德之劍的人是你吧？果然是跟我同一側的存在嗎？」

「你有正史的記憶嗎……！」

「剛好。我一直在找希德。滿腦子都想著要向他復仇。可以拿你洩憤嗎？」

「真不巧，你找錯人了！」

凱伊舉起亞龍爪。

紅蓮獸人站在原地。被亞龍爪的刀刃擊中頭頂，臉部到肩膀染上爆焰。

「哦？這可真是——」

牙皇拉蘇耶若無其事地站在火花中。

擊墜龍的對空砲。

打倒惡魔的精靈弓。

再加上正史武器的火力，都沒辦法對他造成任何傷害。

「人類，難道你捨不得拿出全力？世界座標之鑰跑哪去了？你有帶在身上吧。為何不用？」

「因為我還在分析。」

「嗯？」

「分析你那超出常理的耐久力。」

凱伊筆直指著紅蓮獸人，大聲說道。

不只拉蘇耶。為了傳達給處於警戒狀態的鈴娜跟蕾蓮，以及貞德、巴爾蒙克這些同伴。

「我知道你是紅獅子。問題在於你不是單純的紅獅子。」

「哦？」

「突然變異體（Singularity）。」

紅獅子是傳說中會吞食火焰的獅子。

據說牠會讓全身化為火焰發動攻擊，不過在幻獸族之中，紅獅子的肉體強度反而偏低。不可能承受得住對空砲和略式亞龍彈的破壞力。

牙皇拉蘇耶卻例外。

……正史有個假說。

……拉蘇耶會不會是在進化過程中誕生的突然變異體？

以數千、數萬分之一的機率誕生的「過度進化的個體」。

大多都會因為無法適應環境遭到淘汰，不過幻獸族之中，極少數的情況下會出現非常「適合戰鬥」的個體。

「幻獸族中最強的是龍種。你之所以能把牠們踩在腳底立於頂點，是因為有明確的理由。」

「…………」

獸人笑了。

露出銳利如刀刃的犬齒。

「真懷念。對了，希德也說過同樣的話。」

「你沒打算隱瞞呢。突然變異體的肌肉肥大和超恢復力。再加上紅獅子的弱點『寒氣』，你也克服了吧？」

這番話全是對身後的同伴說的。

不可以把這名獸人當成「強大的紅獅子」，反而該視為截然不同的其他種族，比龍更危險的新種。

……可是，有這麼誇張嗎？

……資料也有提到他擁有驚人的耐久力，不過再怎麼說未免太不正常了。

近乎無敵。

就算把他沉入熔岩之海，就算把他關進極寒的冰山，就算把他扔到極度乾燥的沙漠，這隻野獸恐怕還是不會死。

「巴爾蒙克閣下！」

貞德的吶喊劃破緊繃的寧靜。

靈光騎士的視線前方，是已經在天空中滑翔的亞龍，以及在地上奔馳的蜥蜴王。

「沒時間了。後方的幻獸族快追上我們了！」

「撤退！所有人進車子裡。盡速準備撤退！」

「噢。」

獸人衝向巴爾蒙克。

高高躍向空中，瞬間從凱伊及鈴娜的頭上跳到身後。肉食獸凝視著獵物，朝站在裝甲運兵車前面的獅子王撲過去。

「我對其他人類沒興趣。但指揮官（你）不行。」

失去大鎚的獅子王毫無防備。

只能任憑紅獅子的爪和牙把他的身體當成白紙，連同防彈衣一起撕裂。每位傭兵都做好覺悟，準備迎接這一刻。

「指揮官（你）注定不會有活路。」

『隨便你。』

喀嚓……

蹬地狂奔的拉蘇耶，腳底傳來某種東西碎裂的聲音，獸人踩到的，是掉在平原上的一小條項鍊。

這是什麼？

察覺到異樣感的獸人，瞬間停止動作。深藍色黏液群從腳下碎掉的項鍊墜飾中流出。

『那名人類的生死與鏡光無關——鏡光是很想這麼說。』

黏住拉蘇耶的腳底。

黏液群彷彿擁有意識，從膝蓋往他的大腿移動。甚至爬到紅獅子的脖子上。

『你太小看人類了。鏡光沒道理放過這個機會。』

「六元鏡光！」

獸人初次表現出動搖。

他瞪大眼睛，伸出利爪，試圖靠蠻力剝離黏在身上的黏液群。然而，聖靈族的術式已經發動。

——萬象鏡化「滴」——

想必很多人會從這個詞聯想到雨滴或水花。然而，聖靈族的「滴」可不是那麼無害的東西。

究極的融解液。

破壞所有生物的細胞膜，連鋼鐵都能侵蝕、融解的分解術式。

『對所有生物都有效。連幻獸族的皮膚都能融化。』

白煙竄起。

跟人類的肌膚碰到強酸會變白一樣，純白煙霧自紅蓮獸人身上冒出。

『這樣的話——』

「哈哈。六元鏡光，妳還看不清我的實力嗎？」

紅獅子以嘲笑回應。

全身被緩緩侵蝕，依舊悠然立於原地，沒有一絲慌亂。他低頭看著黏液群逐漸覆蓋脖子以下的部位。

「對生物有效。原來如此，說的沒錯。但我是突然變異體，不是一般生物。之前敗給希德也是因為有希德之劍。因為只有那東西是例外。」

再生了。

體表被六元鏡光的術式融解的同時，體表組織也在不斷再生。速度反而比融解速度更快。

「而且妳還沒完全復活吧？我從法術感覺到妳的生氣非常微弱。」

『…………』

「所以沒用的，六元鏡光。讓開吧。還是妳想繼續消耗身體？」

『有用。施術期間，你一步也動不了。』

「什麼？」

全身像被蜘蛛網固定住一樣。

即使想移動雙腳，黏在大地上的黏液群也會妨礙行動。

「六元鏡光，妳有何企圖？」

『你剛才問了「世界座標之鑰跑哪去了」。你誤以為希德之劍不在這裡。』

「哈，我怎麼可能漏看那把劍。如此耀眼的劍就只有那一把。」

『世界遭到覆寫。是你跟鏡光說的。』

「…………」

『世界座標之鑰受到影響，也產生變質。你不知道它現在只能附在人類的劍上。』

沉默。

全身被黏液群纏住的紅蓮獸人，轉頭望向身後。

『人類，難道你捨不得拿出全力？世界座標之鑰跑哪去了？』

全是設計好的。

故意用亞龍爪攻擊，讓他以為這把槍刀不是希德之劍。

「世界座標之鑰！」

英雄（希德）之劍。

亞龍爪回應凱伊的呼聲，瞬間變化成神聖的長劍。從黑色槍刀變成通透的陽光色長劍。

「幹得好，六元鏡光。」

「一開始就在你手上嗎！」

獸人全身的毛髮倒豎。

在正史世界嘗過的宿命的敗北——最強生物拉蘇耶戰敗的主因，再度顯現於面前。

『上。』

「住手！」

凱伊被兩位英雄的話語推動，揮下光輝之劍。朝著以無敵的耐久力為傲的紅獅子的背部，全力連著六元鏡光的黏液群一同砍下。

——悲鳴。

「啊……啊啊啊啊啊啊啊啊啊啊啊啊啊——！」

無敵野獸受的傷。

牙皇拉蘇耶背部感受到不該有的痛楚，他的哀號成了十分詭異的聲音，傳遍草原。

然後。

地平線盡頭的幻獸族，也在同時產生變化。

「凱伊，那些傢伙逃了！」

「是因為剛才的咆哮……讓牠們知道拉蘇耶敗北了，才選擇逃走嗎？」

鈴娜和蕾蓮。

兩人待在裝甲運兵車停靠的最後方，瞪著幻獸族大叫。空中的亞龍、地上的蜥蜴王，全都分散逃往地平線的盡頭。

「貞德大人！」

「別大意。專注在眼前的敵人上。」

只剩下牙皇拉蘇耶一隻。

人類方則有車上的傭兵、凱伊、貞德、巴爾蒙克等人留在地面。

「被同伴（幻獸族）拋棄了嗎？看來汝太蠻橫了。」

精靈巫女蕾蓮冷冷瞪著獸人。

「仔細一想，主天（艾弗雷亞）閣下也是。他因為過於粗暴，不只精靈，還失去天使的信賴。但那也是因為他被汝的手下切除器官洗腦。對吧？」

「…………」

紅蓮獸人沒有反應。

蕾蓮當然也沒有期待他回應自己的追究。

「汝也在最後被同伴（幻獸族）拋棄了。這下場很適合汝……」

「——你們真的不懂耶。」

獸人的聲音帶著怨氣。

被世界座標之鑰砍中，導致他身體傾向前方，牙皇拉蘇耶雙眼卻依然有神。

他的目光甚至令凱伊和六元鏡光不禁猶豫是否該追擊。

「牠們離開是我命令的。剛才我不是特地大叫了嗎？你們以為那是我的慘叫聲？」

「……什麼意思？汝刻意讓部下撤退？」

蕾蓮皺起眉頭。

站在她前面的貞德、巴爾蒙克也是類似的表情。莫名其妙。在這種狀況下讓夥伴撤退，不就孤立無援了嗎？

「我不想讓他們看見這副模樣。身為幻獸族的首領，還是要顧形象的。」

啵。

伴隨氣泡炸開的聲音，獸人背部長出巨大的肉片。

世界座標之鑰造成的傷口不只癒合，還膨脹起來，從拉蘇耶的背部冒出，化為人類上半身的形狀。

形似壞掉的人偶的少女——

不屬於所有種族的扭曲怪物，逐漸從拉蘇耶背上長出來。這副模樣迫使凱伊想起那個存在。

「……切除器官……？」

『鏡光也覺得是。沒錯。鏡光之前就在想，他不曉得把他手下的切除器官藏在哪裡，原來是融合了。不過，他竟然這麼簡單就把她叫出來。』

「因為我根本不打算藏。」

牙皇拉蘇耶展開雙臂。

背上的切除器官的上半身，也做出同樣的動作。

——雙身一體。

不同種族的生物融合了嗎？

「啊啊，幸好有過來。對不對？擁有希德之劍的人類。」

拉蘇耶露出扭曲的笑容。

銳利的爪子對著自己（凱伊）。

「你才是真正的特異點（Singularity）。是不能存在於這個世界的人類。有你的存在，會害我跟這孩子（切除器官）的目的偏移。」

「……你的目的？」

「你跟我很像。在『跟希德有關的人』的意義上。不過……哈哈。你還沒發現希德的過錯嗎？」

獸人粗魯地吐氣。

「什麼意思？希德？那個英雄犯了什麼錯？」

「英雄？那男人是英雄？笑死我了，他可是世界第一的大罪人。他破壞了世界的歷史。證據就是切除器官！」

法術圓環。

無聲出現在凱伊腳下的力量漩渦，閃耀光輝。

「……唔！」

他反射性揮下世界座標之鑰。

切除命運——朝凱伊發動的術式，被陽光色劍刃一分為二，如花瓣般散落。

「沒錯。希德用那把劍破壞了歷史。」

拉蘇耶不動如山。

對這名獸人來說，法術被世界座標之鑰防住，肯定在預料之中。

「切除器官是誘惑者。接近接受希德贖罪的四英雄，試圖與之親近。六元鏡光，妳應該明白吧？」

『…………』

「不過，除了我以外的英雄全都無法跟切除器官相容。」

面對切除器官——

冥帝凡妮沙表示不屑。

主天艾弗雷亞表示拒絕。

靈元主六元鏡光抱持疑問。

因此不適合。

只有牙皇拉蘇耶選擇接受。

『無法理解。』

深藍色黏稠生物，只是淡漠地回道。

『你（幻獸族）為何接受了那種東西？』

聖靈族英雄指著從拉蘇耶背上長出的怪物。

『你吸收了那東西，到底想做什麼？鏡光無法理解。』

「因為我明白了。」

『？』

「為什麼想要切除器官（這孩子）？因為我需要與『大始祖』抗爭的力量。」

紅蓮獸人語帶怨恨。

而他所說的大始祖一詞，令凱伊在內心皺眉。

……大始祖？

……那是什麼？是指某個人嗎？

從上下文來看不是希德。若是希德，他會直接叫名字吧。

「大始祖操弄了命運。為了復仇，我需要切除器官（這孩子）。」

「……拉蘇耶！大始祖是誰？」

『鏡光也不知道。毫無頭緒。』

凱伊和六元鏡光異口同聲地說。

幻獸族首領卻只是默默冷笑。

——真可悲。

帶著蘊含輕蔑意味的眼神。

「身為從正史遭到放逐的人，你也在尋找引發世界輪迴的元凶吧？答案就是自稱『大始祖』的那群愚者。」

「…………什麼！」

「現在不知道在哪裡。但我一定會把他們揪出來。所以需要切除器官。」

『你說的復仇是？』

聖靈族的英雄冷靜地回問。

用平靜如冬季水面的語氣——

『鏡光對那個叫世界輪迴的東西沒印象。正史也是。所以無法理解。拉蘇耶，你對現在的幻獸族有不滿？憎恨你口中的大始祖？』

「超討厭的。」

紅蓮獸人展開雙臂。

「六元鏡光，連妳都不可能知道他們的存在。妳懂嗎？那些傢伙是潛伏於歷史另一側的支配者。在五種族大戰中從來沒出現過，袖手旁觀，隨心所欲地操控世界。身為種族的頂點，妳也會產生厭惡感吧？」

『…………』

「就算不論這一點，大始祖會妨礙幻獸族握有世界真正的霸權。一找到就要排除。而且要盡快。」

『盡快？為什麼？』

凱伊也能理解六元鏡光的疑惑。

為何要盡快？

的確。幻獸族攻進了北方(烏爾札)、東方(伊歐)、南方(悠倫)。其他種族明明在互相監視，幻獸族卻一直選擇最好戰的選項。

「大始祖失敗了。」

拉蘇耶背上的切除器官緩緩歪頭。

牽制拿著槍的傭兵們，有如保護拉蘇耶的隨從。

「那些傢伙引發的世界輪迴，脫離了他們的控制。親手點燃的小火反而燒到自己身上。也就是說——」

拉蘇耶抬起一隻手。

指著眼前的人類們。

「脫離大始祖控制的世界輪迴，誰都無法阻止。馬上就要進入第二階段。」

「第二階段？」

「什麼嘛，原來你沒發現。世界正在以這塊土地為中心『變異』。」

獸人低頭看了腳下一眼。

「……世界變異？這不是已經發生的事嗎？」

凱伊想不到這代表什麼意思。

「世界輪迴造成的影響非常大。喂，人類，你知道正史的五種族大戰對吧。不覺得不可思議嗎？」

「人類稱之為無主地的領域，在正史世界並不是那麼顯眼的地區吧？」

「什麼東西不可思議？」

「！」

心跳加快。

他說的沒錯，凱伊記得自己之前才問過這個問題。

……可是，那又如何？

……被世界輪迴竄改的世界，有那種無主地也不奇怪。

在這個五種族大戰的結果逆轉的世界——

還有什麼好驚訝的？

「那又怎麼樣？我不覺得這跟剛才的問題有關！」

拉蘇耶說「要盡快」。

盡快排除大始祖，讓幻獸族掌握世界的霸權。凱伊不認為這件事跟世界輪迴的第二階段有關。

「關係可大了。」

「……什麼？」

「我要在第六種出現前，先把其他的收拾掉。因為那個機鋼種（生物）有點難纏。」

這句話的意思——

拉蘇耶所說的這句話的意思，沒有人能理解。

凱伊、貞德、鈴娜。

蠻神族（蕾蓮）跟聖靈族（六元鏡光）也是。

「不過——」

拉蘇耶的語氣參雜殺氣。

從背上長出的切除器官發出奇妙的咆哮聲，彷彿在呼應他。

「你們不會有機會看到。」

『高階能力「無座標竄改（Zero Shift）」』。

滋……滋滋……

凱伊注視的上空產生「雜訊」。

好幾道如同雷電的黑色細線從天而降，遮蔽視線。不是雜音（Noise），而是光學上的視線錯亂（Noise）。

「……這是……！」

「沒什麼，只不過是把第二階段的改變提早了一些。」

周圍的景觀迅速變色。

站在旁邊的巴爾蒙克、蕾蓮的輪廓在搖晃，轉變成詭異的紫色。肌膚浮現斑紋，全身迅速變色，彷彿被奇妙的黴菌感染。

「巴爾蒙克、蕾蓮！你們身上——」

「沒用的，人類。就算你因為世界座標之鑰的關係能認知到，除此之外的人全都無法察覺世界正在遭到竄改。」

紅蓮獸人拉蘇耶——

毛皮也跟著變成純白的獸人說道。

「世界輪迴不也是嗎？只有你能認知到。但你也只是看得見而已。無法阻止。」

沒錯。

跟世界輪迴發生時的狀況如出一轍。

浮現於腦海的畫面——一切都被天空的漩渦吸進去。那場惡夢閃過腦海。

……正史的歷史遭到覆寫，那就是世界輪迴。我是這麼以為的。

……原來還有後續嗎！

世界輪迴尚未結束。

此時此刻，所有人類跟蠻神族（蕾蓮）都在變色。難道遭到覆寫的不只有歷史——

「不行！巴爾蒙克，貞德！阻止牙皇（拉蘇耶）！」

「咦？」

「嗯？怎、怎麼回事？」

逐漸染上斑紋的兩人沒有發現。

「六元鏡光、蕾蓮！妳們也看不見嗎！」

發生在他們身上的「改變」。

「怎、怎麼了，凱伊！為何如此突然？」

『……你在看什麼？在鏡光眼中，什麼事都沒發生。』

連聖靈族英雄都沒有自覺。

在凱伊眼中的六元鏡光，不是深藍色黏稠生物，而是持續褪色成紅褐色。

「沒有世界座標之鑰的人，統統會變成『其他生物』吧。至於會如何變質，我不知道，也沒興趣。然後，這樣大始祖八成會著急。因為他們想支配的世界正在逐漸崩壞。」

「拉蘇耶！」

凱伊在從天而降、宛如黑色閃電的雜訊中，握緊世界座標之鑰。

……還沒。

……雖然相似，但狀況跟世界輪迴時截然不同。

這個現象是拉蘇耶引起的。

那麼照理說，只要打倒術者本人，即可阻止發動。

「打倒你就能阻止這個現象。對吧！」

「有趣。」

獸人凝視著手拿希德之劍的凱伊。

兩眼散發無畏的光芒，語氣卻像在緬懷過去。

「打倒我？在改變結束前？那一天，我確實輸給了希德，不過奇蹟不會再度發生。因為我記得自己在正史敗北的經驗。」

「很不巧——」

凱伊咬緊下脣。

在不斷變色的大地上一蹬，隻身挑戰幻獸族的首領。

「我是不肯放棄的人！」

「放棄吧。因為用不著戰鬥，人類的腳力追不上獸人。我只要不停奔跑爭取時間，你連我都碰不到吧？」

野獸的疾走。

拉蘇耶憑藉足以讓地面搖晃的腳力，用力躍向後方。

遠遠跳出世界座標之鑰的攻擊範圍。

「哈哈哈！就是那個表情。希德的繼承者，你也嘗嘗跟我一樣的憤怒吧。看到崩壞的世界，陷入絕望——……？」

跳躍停止。

凱伊沒有抓住牙皇拉蘇耶。

然而，有一名少女憑藉同為幻獸族的怪力，強硬地停止他的動作。

「妳……對了，還有一個看得見無座標竄改的。」

「鈴娜！」

「……我不知道那東西是什麼，不過我討厭這個法術！」

鈴娜抓住幻獸族的首領。

少女的金髮在持續變色的世界中綻放璀璨光輝。不是靠從天而降的光芒照亮，而是頭髮變得透明，從內部產生無限的光。

——那抹陽光色。

——儼然是世界座標之鑰。

除此之外，她的額頭及上臂也隱約浮現發光的圖紋。

因子覺醒。

過去冥帝凡妮沙稱之為「混沌種」的鈴娜的本質，正逐漸具現化。

「你想用切除器官做什麼！」

「哈，妳該去恨大始祖才對！」

脖子被抓住的拉蘇耶大吼道。

幻獸族首領同樣抓住擁有幻獸族因子的鈴娜的脖子。

「世界已經被世界輪迴破壞了。我只不過是加快世界輪迴的侵蝕速度，好引出亂了手腳的大始祖。」

「我叫你停手！你那個力量……我超討厭的！最討厭了！」

鈴娜的表情因苦悶而扭曲。

她被最強生物拉蘇耶掐著脖子。就算她體內有幻獸族的因子，腕力還是遠遠不及對方。

「鈴娜，再撐幾秒就好！」

凱伊衝向停止動作的獸人。

剎那間，切除器官的手像鞭子似的，直逼凱伊眼前。

『權限開放「種族竄改」。』

「……不想讓我靠近他嗎！」

他在千鈞一髮之際停下腳步。

還差一步，不，只要再前進半步，凱伊就會跟六元鏡光一樣被奪走「影子」，製造出奇怪的分身吧。

……她能不受拉蘇耶的意志控制，獨立行動。

……不想讓我攻擊那傢伙（拉蘇耶）嗎！

同時也代表他無法接近鈴娜。

不過。

「————就跟你說我討厭那個力量！」

瞬間。

凱伊看見鈴娜的背上長出天魔之翼。

Orbie Clar "Phy I lu, Ez nes r-cela Deris." ——真言「世界意志」。

降落於周遭的黑色雜訊消失。

世界隨之停止變色。不，不只停止。變成褐色的天空緩緩恢復成原本的湛藍。

「中斷了？」

牙皇拉蘇耶的聲音顫抖著。

表情混雜憤怒、驚愕，以及凱伊難以理解的極度歡喜。

「這力量的波動……不愧是切除器官畏懼的『祝福的倖存者』。照理說妳早該死了，難怪妳命硬到能存活下來。」

「你在說誰？」

「說妳啊，可憐的孤兒──────動手。」

切除器官採取行動。

一把抓住拉蘇耶前一秒還抓著的鈴娜的額頭，將她拎起來。

「……不、不要──！你、你幹嘛！」

「只要有妳在，世界就無法改變。所以乖乖去世界的盡頭沉睡吧。」

鈴娜背後冒出混濁的黑霧。

彷彿擁有意志，將鈴娜包覆住。

「凱伊，救我…………」

「鈴娜！」

凱伊拿起世界座標之鑰。

他舉起劍試圖驅散裹住鈴娜的黑霧。眼角餘光瞥見切除器官伸手想妨礙他，放聲吶喊。

「別礙事，把鈴娜還我！」

揮下希德之劍。

緊接著，凱伊被於眼前膨脹的光之奔流吞沒，失去意識。

祕奧領域「無座標界・變異後第1相」

World.5 Chapter: 零

Phy Sew lu, ele tis Es feo r-delis uc l.

1

無垠的雲海。

綠色草原與停在那裡的裝甲運兵車消失了。四面八方都是看不見盡頭的天空，上面鋪著棉花般的雲朵。

凱伊站在飄在其上的石製通道上。

「……這裡是……」

自己(凱伊)有印象。

第一次是從惡魔族的墳墓進來，遇見了鈴娜。

第二次是從聖靈族的墳墓進來，發現石化的主天艾弗雷亞。

這是第三次。

儘管這個空間目前還充滿謎團，絕對不至於讓他混亂…………

——他曾經是這麼想的。

「怎麼回事？這裡不是那個地方嗎！」

無限延伸的雲朵是紅色。

不是夕陽那種偏橘的顏色。而是會讓人不寒而慄的濃烈血紅色。

天空是褐色。

像汙泥一樣混濁，怵目驚心的褐。

「這條路看起來簡直像腐爛了……」

如同古代雕刻的壯麗石柱，以等間隔林立於石製通道上。

石柱上附著著無數的黑色斑點。凱伊也不想湊過去確認到底是什麼東西附著在上面。

……說起來，我為什麼會在這裡？

……鈴娜被拉蘇耶抓住，我想去救她。

記憶到此為止。

他專注地揮下世界座標之鑰，然後意識就中斷了。

「欸，凱伊。」

「這裡真的是我之前來過的地方嗎？雲海跟道路是很像，不過氣氛差太多了……」

「凱伊。那、那個，你有聽見嗎？」

「可能是其他場所。這樣的話——」

「喂——！」

「哇！……貞德？」

來自耳邊的怒吼，令凱伊急忙回頭。

烏爾札人類反旗軍的指揮官站在凱伊面前。

只有一個人。

「貞德，原來妳也在！」

「……對呀。我在後面喊了好幾聲，結果某人一直邊走邊碎碎唸。」

「我沒發現嗎？」

「嗯。你都在自言自語，聽不見我的聲音。真失禮。」

貞德噘起嘴巴。

「你也多為追著你過來的我想一下吧。」

「……妳是追著我過來的？」

「就是，那個，你不是用劍砍拉蘇耶嗎？我也想幫忙，就拿起了弓。」

這麼回答的貞德手中確實拿著精靈之弓。

「你砍中黑霧的瞬間，眼前變成一片白色。噴出一道非常刺眼的光，我看你好像被吸進去了，就……」

「就？」

「…………」

貞德再度鼓起臉頰。

一副欲言又止的模樣，忸忸怩怩，移開目光，連忙搖頭。

「那個，貞德，然後呢？」

「就、就說了！你看起來像憑空消失……所、所以我急忙追了過來！」

她不知為何用假音大叫。

臉頰微微泛紅。

「接著連我都被光吸進去，回過神來就到了這裡。跟之前從悠倫聯邦的墳墓傳送出去的時候類似，但景色不太一樣呢……」

「不好意思，害妳操心了。還有，我也覺得這裡不對勁。」

明顯跟之前狀況不同。

之前那兩次都是枯燥冷清的場所，這裡的景觀卻像太古神殿，莊嚴又神聖。

不過現在呢？

『改變到達了第二階段。』

『世界即將「變異」。朝著你們一無所知的奇怪未來。』

……拉蘇耶的那番話。

……聽起來像世界輪迴尚未結束。

這個場所的變化也跟那有關係嗎？

「不曉得是不是只有我們兩個在這裡。」

「稍微走走吧。說不定還有其他人，而且不管怎樣都得找到出口，否則會把大家留在另一邊。」

「嗯。我的部下也留在那裡，還有拉蘇耶……」

與切除器官融合的牙皇拉蘇耶。

人類反旗軍則有五十名左右的傭兵。數量差距懸殊，不過就算這樣，八成還是難以戰勝那隻最強生物。

「……有花琳在。」

貞德在石製通道上快步前進。

說出擔任自身護衛的女戰士的名字。

「我想花琳會爭取時間，讓部下們坐車逃走。巴爾蒙克閣下應該也能迅速指揮大家撤退。」

「蕾蓮也在，還有六元鏡光。」

「是啊。所以我們要相信他們，找到出口。還有，如果除了我們，有其他人不小心進到這裡。」

「……鈴娜大概也在。」

只有自己跟鈴娜能認知到拉蘇耶的無座標竄改。

原理不明。

不過，鈴娜拚命試圖阻止它。在凱伊眼中，無座標竄改似乎停止了——

「我沒在剛才那邊看到她。」

「我想快點找到她。畢竟這個地方明顯跟之前不同。」

此地不宜久留。

理論無法解釋的直覺，讓凱伊有這種感覺。

——直線。

兩人直線在看不見盡頭的道路上前進。無視左右的岔路。隨便轉彎的話，到時會連回去的路都找不到。

「欸，凱伊，那是什麼？」

貞德指著道路的前方。

像祭壇一樣隆起的廣場。

未滿十階的階梯前方，有三根莊嚴的大理石風圓柱。每一根都像要直達天際似的聳立於此。

殘留在記憶中的那座祭壇——

「不會吧……」

是鈴娜被切除器官抓住的祭壇。

凱伊好不容易才將差點脫口而出的話語吞回心中。

『少女看似天使。』

『少女也看似惡魔。』

遇見鈴娜的地方。

自己不小心從惡魔墳墓跑進這裡，發現她被綁在圓柱上的地方？

抑或只是構造相似？

若是同一個地方，這個空間果然脫離常軌。

……我以前是從烏爾札聯邦的惡魔墳墓來到這裡。

……可是，不久前我還在修爾茲聯邦。

世界大陸的北方與西方。

相距甚遠的這兩點，無視物理空間，透過這個空間連接在一起？

「這種事有可能發生嗎……」

「凱伊，怎麼突然停下？」

「……去看看吧。目前也只有那個地方比較特別。」

兩人一面觀察周圍，一層層爬上樓梯。

高聳的圓柱根部，是被砍斷的鎖鍊及其碎片。應該是用世界座標之鑰砍斷的鎖鍊沒錯。

除此之外——

「鈴娜！」

金髮少女彎著身子倒在祭壇中央。

呼喚她她也沒反應。表面看來沒有受到重傷，卻明顯意識不清。

「鈴娜！喂，鈴娜！醒醒——……！」

凱伊喘著氣衝過去。

正想抱起鈴娜，卻在碰到她肩膀的瞬間語塞。

——天魔之翼。

同時擁有惡魔與天使特徵的翅膀，並未收進鈴娜的背部。

是因為她為了阻止牙皇（拉蘇耶），耗盡了力量嗎？推測是連藏住翅膀的力氣都沒有，就這麼昏過去了。

而現在，貞德在自己的身後。

「凱伊，怎麼了？」

「沒事。貞德，我負責照顧鈴娜，幫我看著周——」

來不及藏了。

晚了一步跑過來的貞德，探頭關心倒在地上的鈴娜。凱伊也感覺到她瞬間倒抽一口氣。

被看見了。

「唔……鈴娜……背上的是……」

「等等，貞德。妳誤會了！」

「——」

靈光騎士低頭凝視鈴娜的翅膀。

不是人類。

跟凱伊第一次看到鈴娜時的恐懼一樣。

若是天使就是蠻神族，若是惡魔就是惡魔族。無論如何都可以確定是人類之敵。

「鈴娜的翅膀（這個）是……」

「她有呼吸嗎？」

「咦？」

「鈴娜看起來是因為失去意識而倒在這裡，她有呼吸嗎？如果需要幫她做心肺復甦術，得快一點才行。」

貞德跪到地上。

確認到鈴娜微弱的呼吸聲之後，她便撫胸鬆了口氣。

「看來只是昏過去而已。硬把她扶起來對身體也不好，再觀察一下吧。」

「…………」

「幹嘛盯著我的臉看？」

「沒有啦，呃……」

貞德不可能沒看見鈴娜的翅膀。

事實上，她出於驚訝倒抽了一口氣。可是，為何她沒有繼續追究？

貞德在想什麼？

她不如驚訝地大叫「這對翅膀是什麼！」還比較好跟她說明，為什麼不提問？太不自然了，害凱伊緊張起來。

「……妳不好奇嗎？」

「我早就知道了。鈴娜（這孩子）不是人類對吧？」

她的語氣透出一絲緊張。

不過，貞德神情鎮定，是平常從容不迫的態度。

「什麼時候發現的？」

「花琳來找我商量過。這很正常吧。」

「啊……對喔。」

花琳看過鈴娜使用法術的瞬間。

是為了挑戰冥帝凡妮沙，攻入政府宮殿時的事。想必在那之後，花琳就一直在私下推測。

……一旦開始懷疑她，鈴娜可疑的要素要多少有多少。

……之前在人類特區見到人類時，她也表現得畏畏縮縮的。

鈴娜可能是類似人類的其他種族。

實際上，伊歐人類反旗軍也有精靈假扮成人類，當上指揮官的左右手。

「我反而在等你主動告訴我呢。」

「……嗚。」

「你有沒有什麼想對我說的？應該有吧？」

貞德的視線刺得他良心不安。

凱伊輪給那無言的壓力，乖乖低頭道歉。

「……對不起，一直瞞著妳。」

「瞞著我的理由是？」

「我剛遇見妳的時候，覺得跟妳講這個妳也不會相信。畢竟我說了『我是從五種族大戰結束後的世界來的人』。還有就算我據實以報，鈴娜也可能因為是異種族就遭到處刑。」
「是啊。如果是第一次見面時的我，搞不好真的會這麼做。」
貞德露出淡漠的苦笑。
恐怕帶有幾分自嘲的意味。
「身為烏爾札人類反旗軍的指揮官，我每天都要擔心何時會跟惡魔全面開戰。如果你在那種時候跟我介紹鈴娜，我可能會斷定她是惡魔族裝成的人類，對她處以火刑。」
「……火刑……」
「我是說真的。當時我大概不會猶豫。」
「那我沒跟妳說才是對的嘛。」
「但我還是會不開心。」
「那妳要我怎樣！」
「……好軟喔。跟鳥的羽毛一樣。」
貞德看著仍未甦醒的鈴娜，小心翼翼地撫摸背上的翅膀。
彷彿在確認觸感。
「雖然有很多事情想問，但也要等逃離這裡後再說。所以我現在只問你一個問題。我可以相信鈴娜嗎？可以把她視為人類的夥伴嗎？」
「——」

回答一句「可以」很簡單。

不過，這樣肯定沒有意義。他覺得那不是貞德想聽的答案。

……我隱瞞了鈴娜的真實身分。

……而且面對這種問題，回答「沒錯」太理所當然了。

為了讓她能以指揮官的身分接受其他種族（鈴娜）。自己所能給出的理想答案是——

「要是沒有鈴娜，我就贏不了冥帝（凡妮沙）。都是多虧了鈴娜挺身而戰。」

「！」

「新維夏遭到雕像魔襲擊的時候也是。我打倒的雕像魔只有一隻。假如沒有鈴娜，人類特區可能會崩壞。」

「…………」

「要怎麼想就看妳了。」

雙方陷入沉默。

這段靜寂，馬上被貞德的嘆息打破。

「你太狡猾了。聽你這樣講，我不是什麼都不能追究了嗎？」

「聽妳這樣講，我倒是鬆了口氣。」

「啊，不過再讓我問一個問題。」

貞德豎起食指。

手指朝向凱伊，盯著他把臉湊近，都快把他的臉看出一個洞了。

「什、什麼問題？」

「凱伊，我姑且問一下。」

「問什麼？」

「該不會連你都不是人類嗎？」

「我是人類啦！看就知道了吧！」

這時——

躺在地上的鈴娜動了一下，彷彿對他的聲音有反應。

「鈴娜？」

「……唔…………咦、咦？這裡是哪裡？」

鈴娜張開眼。

她睡眼惺忪地揉著眼睛，坐起上半身，疑惑地環顧周遭。然後發現自己背上的翅膀——

「不、不行！貞咪不可以看！」

急忙將天魔之翼藏到後面。

然而，鈴娜本人應該也知道翅膀被看見了。

「…………」

「……妳看到了？」

「嗯，看得一清二楚。不過放心吧，我在妳清醒前聽凱伊說明過了，也沒打算告訴人類反旗軍的部下。」

貞德露出淡淡的苦笑。

接著——

心中還殘留些許猶豫，將手指伸向鈴娜。

「————」

當著鈴娜的面。

指尖輕輕撫過鈴娜背上的翅膀。像在用手指梳頭似的。

從前端的雪白羽毛。

往閃耀冰冷光芒的黑色羽毛撫摸。

「別、別這樣啦貞咪，好癢喔……」

「哎呀？對不起。」

貞德優雅地微笑。

而鈴娜大概是不習慣有人這麼仔細地摸她的翅膀，羞得臉泛紅潮。

「摸、摸夠了吧……」

「妳覺得不自在？」

貞德輕輕吐氣。

本以為她會把手收回去，銀髮少女卻斬釘截鐵地說：

「那我要繼續摸。」

「呼耶？」

「——這裡對吧。原來如此，碰翅膀的這部分會癢。」

「喂！等一下貞咪……啊、啊啊哈哈哈哈——！住、住手貞咪，妳幹嘛啦！救、救命！」

貞德用雙手搔她翅膀，鈴娜當場躺回地上。

她的臉愈變愈紅，似乎真的很癢，氣喘吁吁地掙扎著。貞德卻沒有停手。

「妳、妳在做啥咪……啊、啊哈哈哈哈哈——！」

「這是給妳的懲罰。鈴娜，妳竟敢藏著這對翅膀不讓我知道，真是個壞孩子。」

「因、因為……！」

「妳還要辯解的話我就繼續搔。」

「啊哈哈哈哈哈……對、對不起……我不會再隱瞞了，對不起啦，所以別搔我了——！」

「很好。」

鈴娜癱在地上。

貞德滿意地俯視她，吁出一口氣。

「好！這樣我心情也好一些了。感覺還順便發洩了壓力。」

「……嗚嗚。連凱伊都沒碰過我的翅膀……」

鈴娜臉又紅了。

「貞咪好壞……」

「才不壞。這是友好的證明。對不對，凱伊？」

「怎麼把問題丟給我。」

凱伊也不知道該如何回答。

可是──

聽見貞德說的「友好的證明」一詞，鈴娜的表情看起來放鬆了些，肯定不是錯覺。

凱伊也有類似的心情。

……我也不是故意隱瞞鈴娜的身分。

……只是找不到機會說。

跟早就知道是其他種族的蕾蓮和六元鏡光不一樣。

鈴娜和貞德的關係，是以「雙方都是人類」為前提建立的，因此萬一鈴娜的翅膀被看見，說不定會害兩人關係破滅。

凱伊內心存有這樣的不安。

鈴娜本人當然也是。

「但這樣就前進一步了。」

「什麼意思？」

「感情好是好事吧。」

貞德雙臂環胸，凱伊苦笑著回答。

「如果還要跟其他人坦承，就是莎琪和阿修蘭了，不過那兩個人八成會很驚訝。果然該慎重行事嗎？」

凱伊牽起鈴娜的手拉她站起來。

貞德見狀，抱著胳膊說：

「傷腦筋。我的烏爾札人類反旗軍到底會變成有多少種族的軍隊呀，蕾蓮和六元鏡光也是。」

「不會再更多了。因為我實在不覺得能跟牙皇（拉蘇耶）互相理解。」

牙皇拉蘇耶是明確的敵人。

……本以為四種族的英雄，全是為了種族的繁榮而戰。

……只有牙皇（那傢伙）不是。

向大始祖復仇。

光憑這個執念就跟切除器官融合，四處尋找大始祖。

「總之我想盡快離開這裡。剩下的人類反旗軍也令人擔憂……鈴娜，妳對這個空間的構造有頭緒嗎？逃出方法之類的。」

「……不知道耶。我也一頭霧水。」

鈴娜回頭望向身後。

一看到祭壇的石柱與斷掉的鎖鍊，天魔少女表情就蒙上一層陰霾。

「我不喜歡這個地方……」

「我也稱不上喜歡。而且這裡跟之前差了不少——」

霎時間。

血色雲海震動了一下。

驚人的巨大脈動。衝擊撼動大氣，連凱伊他們腳下的祭壇都在微微震動——

刺耳的嬌聲，在這個奇怪的空間迴盪。

聲音？

類似用指甲抓玻璃時發出的尖銳音色，笑聲中還帶有不明的真實感。

「切除器官！從哪出現的！」

亞龍爪就在手邊。

一到緊要關頭就能切換成世界座標之鑰，連擁有壓倒性耐久力的拉蘇耶都傷得到的最強

之劍。沒有比它更可靠的武器。

那麼，像瀑布一樣從臉頰滑落的冷汗是怎麼回事？

……光聽見剛才的聲音。

……就有種心臟被掐住的感覺。

第一次遇到切除器官時的衝擊與恐懼。

不，在那之上？

感覺得到嬌聲底下存在駭人的怪物。全身快被沉重的壓力壓垮。

「貞德，剛才的聲音是……」

「不想聽也聽得見。跟拉蘇耶的聲音似乎不一樣，看來這裡果然有東西。」

貞德拿起精靈弓。

她站在祭壇上觀察四面八方，嘴唇發白。

「切除器官還在嗎？」

「就我所知，除了跟拉蘇耶融合的那隻外還有一隻。不過，剛才的聲音也不是那傢伙的……」

剩下的切除器官，是以前抓住鈴娜的個體。

但剛才詭異的聲音不一樣。也和之前遇過的切除器官的印象不一致。

……不是以前看過的個體。

……就算剛才那是切除器官的聲音，可能是截然不同的新種。

只聽得見聲音。

怎麼找都看不見人影。

「鈴娜，我知道這樣太勉強妳，不過妳能動嗎？現在隨時有可能發生狀況，我們得找地方逃出去…………鈴娜？」

「——————」

凱伊這才發現。

鈴娜默默靠在他背上。

呼吸紊亂。

手緊緊抓著他，不受控制地顫抖。

「……好可怕。」

「鈴娜？」

「不行！凱伊，快逃。不可能的……贏不了那個聲音！」

「妳說什麼？」

「快點，快點，貞咪也是！得快點逃走！快點離開這裡！」

鈴娜的聲音已經可以說是哀號。

眼下的雲海也再度劇烈震動。

怦咚怦咚地。強大的力量撼動雲海，餘波甚至湧向祭壇上的凱伊等人。

「……我贊成鈴娜的意見。真的有股不祥的預感。」

貞德咬緊下唇。

「凱伊，來找出口吧！你有沒有頭緒？」

「沒有。總之只能找遍每個角落——不，等一下。」

凱伊衝下樓梯。

在那邊停下腳步，回頭望向剛剛才跑下的祭壇。

「鈴娜，這裡是我們第一次見面的地方對吧？」

「……嗯、嗯。」

快想起來。

當時為了帶鈴娜從切除器官手下逃離，他們拚命奔跑。在前方發現出口，回到惡魔的墳墓。

……沒錯，我記得唯一一個出口。

……可是從那邊傳送出去的話，目的地會是……

「凱伊！愈來愈靠近了！」

鈴娜指向在石製迴廊下搖晃的雲海。

他什麼都看不見，天魔少女卻凝視著雲海，臉色發白。

「雲底下有東西！浮上來了！」

Mga elmei pheno clar（諸位，引吭高歌吧）。

未知——

底下有個極度巨大的物體。足以讓這個奇怪的空間震動，超脫常理的「某種存在」正在逼近。

凱伊的本能告訴他。

「鈴娜、貞德，來這邊！」

沒時間猶豫了。

繼續待在這個空間會全滅。他順從自己的直覺飛奔而出。目標是祭壇後方。從那裡直線延續出去的道路。

「貞德！我知道的出口只有一個。我無法保證從那裡出去會通到何處。」

「先逃再說。」

貞德喘著氣跑在她身旁。

「這裡不是人類可以待的地方。總之逃到外面吧！」

「嗯。」

「——凱伊，看到了！」

帶頭的鈴娜指向前方。光的裂痕。

凱伊有印象。是他拿著世界座標之鑰，初次來到這裡時走過的門。

「凱伊，那道光是？」

「是門。貞德，妳聽好，我不保證能回到我們原本在的西方（修爾茲）喔！」

凱伊沒有等她回應。

在貞德開口前，就衝進光的裂痕之中。

烏爾札聯邦　未解析神造遺跡「惡魔的墳墓」

2

紅褐色的大地。

堅硬的岩盤上積著薄薄一層沙礫，形成遼闊的荒野。自己（凱伊）不知道看了多久這荒涼的景色。

『下午兩點，準時抵達。』

『接下來將開始進行『墳墓』的監視。貞德，聽得見嗎？』

『這裡是人類庇護廳烏爾札分部。聽得很清楚，凱伊。』

惡魔的墳墓──

凱伊將監視結果報告給通訊機另一端的貞德。

他之所以想起正史的日常，或許是因為她（貞德）站在旁邊，與他一同仰望漆黑的金字塔。

「……發生什麼事？」

貞德被混雜沙塵的風吹得瞇起眼睛，忽然喃喃自語。

不曉得過了多久。

貞德啞口無言地仰望墳墓，茫然回頭。

「這裡是烏爾札聯邦的荒野？怎麼可能……我們花了那麼久的時間才穿越精靈森林，穿越聖靈族的巢穴，抵達修爾茲聯邦……」

從西方到北方。

透過那個封閉空間，瞬間「回來」了。

「說先逃再說的人是我，狀況也很危急。但這實在太超出想像了……我有點……腿軟。」

她癱坐在地上。

大概是面對太過超常的現象，導致她瞬間全身無力。

「凱伊和鈴娜不驚訝嗎……？」

「驚訝啊。但也不是第一次了。」

就驚訝來說，沒有現象比得過世界輪迴。

再說，凱伊早就大概預料到會傳送至此地。

「鈴娜也是嗎？」

「嗯。成功離開剛剛那個地方，我鬆了口氣。妳不是嗎？」

「……說得也對。」

烏爾札人類反旗軍的指揮官無奈地搖頭，站起身。

從懷裡拿出通訊機，然而——

「花琳？…………果然不行。距離隔太遠，憑通訊機無法將電波傳送到修爾茲聯邦。」

「聯繫不上啊。」

「我很想知道那邊的狀況，但我無計可施。也不知道跟拉蘇耶的戰鬥怎麼樣了。身為指揮官的我，在這種時候竟然……」

貞德痛苦地咬緊牙關。

「去本部一趟吧。」

「姑且問一下，妳說的本部不是修爾茲人類反旗軍的電波塔吧。」

「是烏爾札的本部。王都烏爾札克的人類反旗軍，有能將電波傳送到其他聯邦的通訊設備。在那邊聯絡大家吧。」

沒有道路可供行走，漫無邊際的荒野——

要徒步穿越的話，八成得花上一整天。沒有水也沒有糧食。就算去最近的人類特區補給物資，抵達王都也得花上將近一週的漫長時間。

……幻獸族的動向令人在意。

……現在貞德不在，剩下的烏爾札人類反旗軍應該也很焦慮不安。

萬一幻獸族在這時發動總攻擊，留在西方的人未必抵禦得住。

「趁天還亮著的時候盡量多走點路，晚上就露宿郊外。」

貞德指向西南方。王都烏爾札克的方向。

下定決心，默默邁步而出。

「趕快行動吧。」

「貞咪，停下。」

最後方的鈴娜制止了她。

面色凝重地盯著蒼穹，壓低聲音。

「不可以動，會被發現。」

「咦？」

「……太遲了。」

擁有翅膀的種族，從鈴娜仰望的上空俯衝而下。

烏爾札聯邦的支配者——

降落在荒野上的，是擁有漆黑翅膀及尾巴的五隻惡魔。每隻身體都比凱伊高大，體表透出暗色光芒。

……惡魔族的哨兵？

……他們發現地上的我們，跑過來了嗎！

這塊地區是惡魔族的地盤。

只有王都烏爾札克被人類奪還，除此之外的區域仍然在惡魔族的掌控下。

……在王都以外的地方遇見惡魔族，完全出乎意料。

……照理說，這些傢伙會自然把人類視為敵人。

凱伊正面凝視惡魔。

五隻都沒有說話。不過，從全身散發出的法力光輝，如實述說著惡魔們已經進入備戰狀態。

「你聽得懂人話嗎？」

『───』

沒有回應。是聽不懂人話、沒有要跟他們溝通的意思，還是在觀察他們的意圖？

「……好。我先表明我們的立場。」

他放下手中的亞龍爪。

在惡魔族的注目下，將槍刀的刀尖刺進地面。

「凱伊！」

「貞德，把弓放下。鈴娜也是，忍耐點。我們只是誤入這裡。目前不打算跟你們戰鬥。我們在這邊開戰，對雙方沒有任何好處。」

『───』

「你們知道嗎？幻獸族的英雄（拉蘇耶）盯上這塊地區了。如果我們現在開戰，消耗掉體力，只會被幻獸族趁虛而入。」

他沒有說謊。

而這也是聖靈族六元鏡光，跟巴爾蒙克交涉的內容的重現。

『————笑話。』

惡魔開口說道。

老人沙啞的聲音，在荒野響起。

『有，可疑的影子，在這片荒野，行動。原來是人類。』

「……可疑的影子？」

『這裡是惡魔的地盤。除此之外，消去。是命令。』

法術的光芒描繪出螺旋。

長在惡魔之翼上的彎角發出光芒，逐漸化為火花，在空中愈變愈大。

「凱伊，他們要發動攻擊了！」

「可惡，果然講了也沒用嗎！」

五隻惡魔。

應該不是無法戰勝的數量。有身穿靈光戰衣的貞德，再加上足以與冥帝（凡妮沙）抗衡的鈴娜，凱伊自己也擁有世界座標之鑰。

然而要是在這裡開戰——

恐怕會有好幾十隻惡魔大軍來向他們復仇。

『消失吧，人類。』

法術光輝膨脹起來。

凱伊也將手伸向世界座標之鑰，做好那個法術會朝自己襲來的覺悟。人類與惡魔族將發生無可避免的激烈衝突——

瞬間，異變從地底而來。

惡魔噴著血向後飛去。

…………

……咦？

自己什麼都沒做。後面兩位少女也是。

貞德將箭架在精靈弓上，鈴娜也擺好架式，準備用法術應戰，可是她們都沒有出手。

『人類！』

剩下四隻惡魔低頭看著倒下來的那一隻，同時咆哮。

各自憤怒地彎下腰，張開的翅膀閃耀法術圓環。

『你做了什麼！』

「等一下！我們什麼都沒做，你們應該也看到了。攻擊那傢伙的是──」

轟！

如同槍聲的炸裂聲，響徹遠遠看得見墳墓的荒野。

貫穿鼓膜的聲音只持續了一瞬間。殘響尚未消散，另一隻惡魔就倒向大地。

「……有東西？貞德，鈴娜，小心點！有我們以外的生物！」

凱伊對著兩人大叫。

不過更重要的目的，是要告訴剩下三隻惡魔剛才的攻擊並非人類所為。

──大地轟鳴。

地表的砂石劇烈濺起，野草像在害怕般窸窸窣窣顫抖起來。

「地殼變動！怎麼會在這種時候……不，這是──」

昨天的記憶閃過腦海。

剛跨越修爾茲聯邦的國境時，在位於礦山地帶的鐵屑之都亞基特也發生過一模一樣的地震。

……這裡是烏爾札聯邦。

……這波地震，跟在修爾茲聯邦發生的很像？

凱伊、貞德、鈴娜。剩下三隻惡魔也杵在原地，紅褐色的地盤出現裂痕。

滾滾沙塵中，某種生物從裂開的地盤底下爬出。

『……這是什麼？幻獸族？』

那東西現身於茫然的惡魔們面前。

閃耀鋼鐵光澤的甲殼機械生物——

全身由鋼鐵構成的機械之獸。

體表卻有好幾根疑似血管的管線，正在撲通撲通地不停跳動。

……類似人類庇護廳的機械人偶。

……不過，這跟生物一樣的血管和肌肉組織是怎麼回事！

既是機械，也是生物。

「這、這是什麼生物……！」

「我也不知道。從來沒看過……」

貞德及鈴娜的聲音愈來愈沙啞。

沒錯，如兩人所說。

這種生物照理說不該存在於世界上。沒有這種種族。除非世界的種族史發生變革——

『改變到達了第二階段。』

『我要在第六種出現前，先把其他的收拾掉。因為那個機鋼種（生物）有點難纏。』

「……第六種？……該不會…………」

極度的緊張，令凱伊嘴唇乾燥。

從地底出現的未知種族。以及牙皇拉蘇耶的奇妙預言。從中得出唯一的推測。

破滅的未來預想圖——

「拉蘇耶——！」

凱伊聲嘶力竭。

對不在場的獸王吶喊。

「這就是世界輪迴的真相嗎！不是讓五種族大戰重來，而是從根本上變成截然不同的未來嗎！」

——機鋼種。

不存在於五種族大戰的「第六種」。

因瘋狂的命運而誕生的鋼之生物，發出第一聲啼哭。

World.6

Chapter:

世界的暗號是「鋼」

Phy Sew lu, ele tis Es feo r-delis uc l.

1

宛如螞蟻在地底築巢——

那隻生物在遙遠的地底悄悄積蓄力量，開始往地上世界進攻。

『喔……喔喔喔…………』

分不清是說話聲還是訊號的重低音。

鋼之生物不是從頭部，而是從胸部裝甲的排氣口發出聲音。彷彿汽車引擎發出的運轉聲。

『…………』

全身用鋼鐵鎧甲覆蓋住的人馬。

這樣譬喻牠全身的形狀應該還算貼切，頭部卻跟龍一樣是尖銳的三角形，上半身從肩膀長出四隻手臂。

四手四腳的鋼鐵生物展開雙臂。那是戰鬥型態——

『惡……………魔……………』

藉由金屬互相摩擦，發出「聲音」。

鋼之異種族所說的詞彙代表什麼意思？凱伊感覺到背後滑過一滴冷汗。

牠說的是「惡魔」——

這隻鋼鐵怪物明顯知道支配這塊地區的種族。在這個前提下正面進攻。

『幻獸族嗎！』

惡魔怒吼道。

對不知情的惡魔族而言，從半人半馬的外型聯想到幻獸族並不會不自然。

……惡魔根本料想不到。

……眼前的這傢伙竟然不屬於五種族。

要不是因為牙皇拉蘇耶事先宣告，凱伊八成也會得出相同結論，判斷這是新種幻獸族。

正因如此。

那隻生物發動法術的畫面過於震撼，足以令惡魔為之顫抖。

『露天礦唱「世界的暗號是『鋼』」。』

嗡——震動大氣的波動聲響起。

鋼鐵怪物腳下的法術圓環以驚悚的速度擴張，蔓延至凱伊及惡魔腳底。

「這是什麼法術！鈴娜，妳知道嗎……」

「我也不知道。從來沒看過這種法術！」

鈴娜瞪大眼睛，前方的地表迅速被鋼鐵色覆蓋。地面轉變成鋼色，彷彿顏料翻倒在其上。

從鞋尖傳來的堅硬觸感也不是土，而是真正的鋼。

「鋼？該不會……」

貞德喃喃說道。

「我記得這一帶的土壤富含金屬。也就是說，這個法術是在將土裡的金屬成分呼喚至地表……？」

結界系？

可是，用一層鋼鐵薄膜覆蓋住地表，究竟有什麼意義？

『幻獸族會用法術？』

惡魔眼中已經沒有那群人類。

他們憤怒地瞪著侵入烏爾札聯邦的異種族。

『消失吧！』

惡魔的指尖迸發光芒。

不祥的暗色圓環擴散開來，紫色雷電化為好幾道電光射出。

強大的破壞能量，將鋼之異族的全身包覆住——

『露天礦唱「嘆息的鐵壁」。』

瞬間。

浮現於地表的金屬成分，顯現為守護機鋼種的巨大結晶。

——沙鐵之壁。

雷擊被那道牆彈開，煙消雲散。

輪胎破裂般的清脆聲響於四周迴盪，三隻惡魔射出的紫電，被金屬結晶凝聚而成的牆壁消除。

『……什麼！』

惡魔肯定無法理解。

幻獸族不會使用法術。就算真的會用，也沒有厲害到能防住惡魔族強大的法術。

『喔喔喔。』

機鋼種揮下巨大的四隻手臂。

如同獅子抬起前腳的動作，輕易讓人想像出肉食性野獸要攻擊獵物的模樣。

「牠打算加速。貞德，鈴娜，快閃開！」

鋼鐵的巨大身軀在地表滑行。

以足以產生殘像的速度穿過凱伊身旁，朝向三隻惡魔。

——目標是惡魔族。

鋼之新種族絲毫未將人類(凱伊)放在眼裡。

慘叫。

兩隻惡魔被破壞力如同大砲的手臂擊飛，像枯葉似的飛出去。每隻都是體型比凱伊大上一圈的古代魔。

……一擊就揍飛了惡魔。

……好誇張的腕力。可以跟幻獸族匹敵了！

剩下一隻惡魔。

最後的古代魔試圖逃走，卻像凍結似的停止動作。因為鋼之巨軀伸長的手臂抓住了惡魔的尾巴。

鋼鐵拳頭呼嘯著朝他的頭頂揮下。

『——！』

惡魔放聲哀號。

法術不管用。尾巴也被抓住，無法閃躲。只能乖乖等著被力道如同大型壓力機的拳頭擊碎頭部。

「———休想！」

機鋼種的拳頭劃過過天空。

抓在手中的惡魔尾巴像蜥蜴斷尾求生般，被人砍斷。古代魔因此得以擺脫束縛，全速退往空中。

不是他自行斷尾的。

拳頭落下的前一刻，凱伊用亞龍爪的刀刃砍掉了惡魔尾巴。

「總比腦袋被打爛好吧。」

『……人類！』

人類救了他？

這個行為令逃到空中的古代魔錯愕地俯視地面。

「快逃！」

凱伊對惡魔大叫。

『……！』

「你死在這邊的話，這波攻擊可能會被當成是人類做的。快回去告訴你的同伴，這片荒野有從來沒出現過的怪物！」

五隻惡魔全滅，是最壞的情況。

一旦惡魔族的怒火燒向人類，好不容易奪回的王都烏爾札克將再度被戰火吞沒。

「快去！」

凱伊已經沒在注視頭上的古代魔。

超出常理的巨人——

機鋼種的腳朝他襲來。凱伊從能粉碎堅硬地盤的一擊下逃離，躲進滾滾沙塵中。

從位於視線死角的背部，全力揮下亞龍爪。

「爆炸吧。」

略式亞龍彈炸裂。

憑藉強烈的爆炸氣流及火焰，從外部破壞敵人。只不過倘若鋼鐵人馬如外表所示，全身都由金屬構成，肯定很難一擊斃命。

……我瞄準的不是鋼鐵外皮。

……是你那露出來的電纜！

等同於動物血管的部位。

連接下半身與上半身的疑似動力電纜的器官，正在撲通撲通跳動，簡直像真正的血管。

凱伊這一擊，打從一開始瞄準的就是那個部位。

『────』

機鋼種鎮定地轉頭。

凱伊砍斷的深灰色電纜毫髮無傷。明明略式亞龍彈的火藥炸開了一次。

火焰無效。

用亞龍爪的刀刃攻擊，也無法造成傷害。

「是碳纖維電纜嗎！」

正史發明的複合電纜。

在生產工廠稀少的別史，人類尚未開發出這個素材。而它竟然誕生於新種族的體內。

生命與機械。

因世界輪迴導致的扭曲歷史而生的奇怪種族──

「凱伊，讓開！」

貞德拿起精靈的靈弓。

將弓弦拉緊到極限，甚至在不停顫動，射出光箭。

──月之弩。

撕裂大氣的法力箭矢，精準命中鋼鐵新種族的胸口。

『……………』

兩步。

四隻腳中的兩隻前腳稍微後退，上半身後仰。僅此而已。散發微弱光澤的金屬外皮並未受損。

「怎麼可能！這傢伙的裝甲比戰車還硬嗎……？」

「貞咪，換人。」

羽毛翩翩落下。

鈴娜展開天魔之翼，雙手伸向前方。手掌亮起混色螺形圖紋。雷光以驚人之勢，自混雜多種法力的法術圓環迸發。

「我要拿出全力了！」

不動如山的鋼之巨人看了強大的法力及光輝一眼。

立刻翻身躍起。

「飛到地平線去吧！」

『露天礦唱「金剛曼荼羅」。』

天之雷土。

然而，電流對鑽石結晶並不管用。自然界硬度最強的礦石，化為全世界最美麗的寶石盾，將雷擊奔流彈開。

「不會吧！這、這什麼法術？我從來沒看過！」

「干涉無機物的力量嗎……？」

凱伊也是第一次看到。

蠻神族的妖精有能力干涉自然界的植物，但過去從來沒出現過能自在操縱無機物的系統。

……牠本來就因為鋼鐵身體的原因，腕力及防禦力都超出常理了。

……還會用如此強大的法術嗎？

看不出弱點。

而且，牠看起來還有餘力。

「凱伊，怎麼辦？我的法術也會被防住！」

「……是那傢伙一開始設置的結界。」

原本是紅褐色沙地的地表，如今以機鋼種為中心，半徑五十公尺左右都被鋼鐵色蓋過。

凱伊腳下的地面也一樣。覆蓋著鋼鐵薄膜。

——露天礦唱「世界的暗號是『鋼』」。

在那個結界發動的瞬間，敵人就已經布陣完畢。

「牠用一開始那個法術把地底的礦石召喚到地面。要是沒有那一招，沙鐵之牆跟鑽石盾都製造不出來。所以——」

「要、要怎麼做……」

「這樣做！」

凱伊拔出亞龍爪的彈匣，重新裝彈。

這把槍刀有兩個彈匣。第一彈匣是略式精靈彈，第二彈匣則裝著略式亞龍彈。

「凱伊，那個子彈是！」

貞德瞇起眼睛。

人類反旗軍的指揮官瞬間看穿。凱伊裝進去的子彈，顏色比之前的略式精靈彈更深。

從透明的白色，變成鮮豔的藍色結晶。

「是新兵器。還沒測試過就是了。」

他將子彈裝進第一彈匣。

這是——

原本裝著的，是用來對抗亞龍火焰的子彈。

『我有件事想確認。』

『牙皇不曉得何時會出現。可以的話，希望能在正式開戰前確認完畢。』

機鋼種蹲低身子，往地上一蹬。

拿著具現化的金剛石盾牌逼近人類（凱伊），企圖踩爛他。

「凱伊，危險！」

「正好。」

「咦？」

「鈴娜，麻煩妳再用一次法術。可以的話用冰的法術。」

他對空中的鈴娜大喊。

凱伊拿起剛裝好子彈的亞龍爪，朝逼近面前的巨大身軀扣下扳機。

「剛才那個，就是那傢伙能用的最後一個法術。」

機鋼種聽不見。

鈴娜和貞德，大概也沒有立刻理解他的意思。

僅此一發的子彈——

將破壞所有的法術。

「靈光精靈彈。」

閃耀藍光的結晶射出。

目標不是機鋼種，而是牠的腳下。分毫不差地貫穿鋼鐵色光輝的結界。

藍色子彈粉碎了鋼之結界——

『……！』

「第一次看到精靈的法具嗎？」

不是略式精靈彈。

不是人造子彈，是如假包換的「精靈製」。

精靈巫女蕾蓮親手製作的子彈。用來製作這顆子彈的礦石具有讓法力擴散的特性，純度愈高，抵銷法術的效果就愈強。

「不愧是蕾蓮。」

人類無法重現的高純度結晶——靈光精靈彈，導致機鋼種失去操縱地底礦物的手段。

「鈴娜！」

「『冬之木靈們』，把那隻大傢伙凍成冰塊！」

鈴娜的言靈喚來極寒之風。

地表冒出霜柱——

以此為起點，冰藤蔓纏住鋼鐵的四足，爬上鋼之巨軀。覆蓋住下半身，蔓延至上半身。

緊接著。

『————！』

機鋼種大聲咆哮。

鋼鐵色的全身像引擎燒起來似的染成鮮紅，迅速排除覆蓋到肩膀處的冰塊。

不是藉由法術的防禦。

而是靠種族特有的怪力揮下拳頭，擊碎黏在身上的冰塊。

「冰塊碎掉了！凱伊不行，快離遠一點！」

「不。」

凱伊也穩穩踩在大地上，舉起亞龍爪對著衝過來的鋼鐵人馬迎擊。

「你沒發現嗎？就算你覺得自己承受住了鈴娜的法術——」

鋼鐵的巨臂揮下。

凱伊將身體蹲低到逼近地面，在千鈞一髮之際閃過這一擊。接著再度使出全力，舉起亞龍爪砸向毫無防備的胸口。

——炸裂。

略式亞龍彈的爆炎膨脹，凱伊看見了金屬外皮被衝擊震得「啪嘰」一聲裂開的瞬間。

「你的鋼鐵，已經不是鋼鐵的強度！」

然後破裂。

深灰色零件被亞龍爪破壞，掉落深灰色的碎片。

『…………』

機鋼種逐漸倒下。

在發出巨響倒在地上的過程中，鋼之巨軀想必仍不明白，為何人類的一擊輕易破壞了金屬製的身體。

「鋼鐵也不是無敵的。」

低溫脆性——

暴露在極度低溫下的金屬，強度會顯著低落。

機鋼種的身體已經因為鈴娜的法術而變質。只要施加衝擊，身體就會自行碎裂。

「……打倒牠了嗎？」

貞德喘著氣，依然拿著弓，雙脣緊抿。

沒有勝利的感覺。

或許是因為敵人是「半機械」的新種族。不像在跟生物戰鬥。

「看起來受到了嚴重的損傷。」

「我想是打倒了。若牠是機械，應該已經徹底故障。」

剛才那擊也把動力纜線切斷了。

缺乏能源就無法行動。只不過，分不清這稱不稱得上生物學方面的死亡。

「欸，這傢伙好噁心喔……」

鈴娜降落在地上。

「我從來沒看過這種生物。貞咪呢？」

「我也是。」

鈴娜與貞德低頭看著深灰色巨軀。

雙方都沒有受傷，眼神卻依然帶著強烈的戒心。

……這傢伙第一個攻擊的是惡魔族。

……一想到萬一牠的矛頭指向我們，可不是一般的可怕。

「凱伊，剛才那顆子彈是？」

「我拜託蕾蓮做的。只有幾顆而已，所以不能亂用。」

「不愧是蠻神族，我就想說八成是這樣。」

貞德吁出一大口氣。

表情放鬆了一些，回頭望向身後。

——四隻惡魔族。

還有呼吸。儘管四隻惡魔流出的血液將地面染成黑色，惡魔的生命力本來就不是人類可以比擬的。

「那四隻要怎麼辦呢？」

「照理說，逃掉的那一隻馬上會帶同伴過來。交給他們就行。我們也不能把時間浪費在這裡。」

野。

不曉得修爾茲聯邦的戰況如何。

他們必須趕往王都烏爾札克，以盡早跟同伴取得聯繫。為此還得穿越這片廣大的荒野。

「走吧。」

凱伊正準備轉身。

倒在地上的四隻惡魔的其中一隻稍微動了。

『……嘎…………………』

「恢復意識了嗎？喂，勸你最好不要起來。」

凱伊制止試圖起身的惡魔。

傷勢並不輕。與其勉強起身，繼續趴在地上應該比較不會對身體造成負擔。

……人類(我)沒義務講這些。

……不過，畢竟現在是特殊狀況。

「你的同伴很快就會飛過來。在那之前乖乖在這休息吧。還有一件事。我們要直接穿越荒野。別來礙事喔。」

『──────』

「你沒回答，我就當你明白了。再說一次，別妨礙我們──」

注意力分散了。

凱伊、鈴娜、貞德的視線及注意力，瞬間集中在想起身的惡魔身上。

就在這時。

彷彿要劃破虛空的槍聲響起。

火燒般的灼熱劇痛擦過凱伊的側腹。

傷及一層皮膚。

出血近乎於零，肌膚感覺到的衝擊，卻讓人聯想到大型手槍的子彈。

……怎麼回事？我剛才被槍射了嗎？

……？不可能。

槍是只有人類會用的武器。

沒有其他會用槍的種族。至少在五種族之中。

……精靈彈的效果仍在持續。這傢伙不能用法術。

……而且剛才的槍聲。不會吧……

一股寒意閃過腦海。正因為法術比槍更加強大，使用槍械的種族才會只有人類。他是這麼認為的。

不過，唯有這隻鋼鐵生物可能是例外。

「貞德、鈴娜，趴下！」

叩啷——細微的接續聲傳來。

機鋼種腹部的部位凹陷下去，凱伊看見深處亮起小小的火花。

「這傢伙本身就是移動砲臺！」

體內設有槍械構造的機械生物。

拿鋼鐵碎片當子彈，以強烈的氣壓將其擊出的機關。沒有用到任何法力。

不是法術，所以無法靠精靈彈無效化——

『露天礦彈。』

比巨響更快。

超速度的子彈命中貞德的身體。她身上的騎士鎧甲，從胸部到肩膀徹底粉碎，銀色碎片散落一地。

「…………唔……！」

「貞咪！」

鈴娜瞬間停下腳步，想衝到貞德身邊。

「鈴娜，趴——」

槍聲。

聽見聲響時，超越音速的鋼鐵片已經化為連惡魔族的皮膚都能貫穿的凶彈，射中鈴娜的翅膀。

「————！」

「鈴娜！」

鈴娜連聲音都發不出，跪倒在地。

即使幻獸族的因子給了她強韌的肌肉組織，那雙翅膀是屬於天魔的。根本抵擋不住子彈。

「……嗚……好、痛……………」

大地再度搖晃起來。

機鋼種留下巨大足跡，飛奔而出，首先衝向倒下來的貞德上方。握緊儼然是顆巨大鐵球的拳頭，朝她揮下。

鈴娜的翅膀被擊中，動彈不得。

凱伊離她太遠。

兩個人都來不及。儘管如此，凱伊還是咬緊牙關，趕往貞德身邊——

「讓開好嗎？」

少女輕快的聲音傳入耳中。

擁有漆黑翅膀的少女，比凱伊更早躍身於空中。

——冥唱『吾之言靈啊，瘋狂炸裂吧』。

大地沸騰。

積在地表的連鋼鐵都能熔化的業火，彈開了高高跳上天空的機鋼種。

火花竄起。

一名夢魔在耀眼的火光中振翅。

「這是回禮。因為你們救了我的使魔。」

就外表來看，她就像個十五六歲的少女。

少女有著泛白的藍色頭髮和黃金色的眸子。雖然看似苗條，但身材卻是凹凸有致，不負夢魔名號；而她身上穿的，則是一襲布料甚少，彷彿在展露那魔性肢體的華麗禮服，耳朵上還別著耳環。周圍充斥有如一股黑風的法力。

「……妳是！」

「等等再說。我要先處罰這傢伙。」

夢魔姬海茵瑪莉露。

在惡魔族之中也只有寥寥數隻的「英雄級」。僅次於冥帝凡妮沙的惡魔族第二把交椅，帶著冰冷的微笑瞪向機鋼種。

「踏進我（惡魔）的領土。對使魔出手。兩者都罪該萬死。」

『…………』

鋼鐵半人半馬默默起身。

被令大地為之沸騰的業火灼燒，這隻怪物仍未停止動作。

「你該不會想讓我一個人動手吧？」

夢魔姬海茵瑪莉露的眼神——

讓凱伊意識到這句話是對自己說的。她臉上還帶著絕對稱不上友善、目中無人的笑容。

「我可不允許人類在那邊悠哉地觀戰。給我跟上。」

妖豔的夢魔姬展開雙翼。

凱伊握緊亞龍爪，追上踩著俐落舞步飛上天空的背影。

……我想也是。

……惡魔不可能什麼事都幫忙解決！

這位夢魔姬，絲毫沒有要幫助人類的意思。

想活下去，人類就給我拿起武器。

這句話正是惡魔族唯一的施捨。

『露天礦唱「魔鋼刃」。』

「法術！精靈彈的效果沒了嗎！」

地底的金屬成分聽從機鋼種的言靈，像被吸引似的浮現地面。組成巨大的戰斧，落在鋼鐵巨臂中。

『──────』

「哈！愚蠢至極。竟然想用法術挑戰我？」

夢魔姬大吼道。

蘊含法力的雙眼熠熠生輝，如同明月。

「讓我教教這個無禮的新面孔，什麼叫真正的法術。」

她的頭髮輕輕搖晃。

每一束頭髮都宛如長蛇般蠢動。那是受到惡魔少女身體湧出的龐大法力波動所致。

「冥唱『讓吾之煉獄充滿熾焰』。」

視界被「赤紅」籠罩。

太過美麗、莊嚴，由火焰凝縮而成的炎之花，包覆住機鋼種巨大的身軀。手中的戰斧瞬間燒成灰燼。

讓萬象化為塵土──

這股力量，可以說是專精攻擊法術的惡魔族的精髓。

「狂亂綻放吧。」

紅蓮之花炸裂。

身體由厚重鋼鐵組成的怪物被爆炎吞沒，炸裂。

『——』

機鋼種燃燒著，依然飛奔而出。

擠出最後一絲力量握緊拳頭，企圖撲向夢魔姬海茵瑪莉露——

「結束了。」

這次，凱伊的亞龍爪確實徹底斬斷牠的執念。

鋼鐵機械生物被砍成上下兩半，分散成數百個碎片自毀，倒在地上消失不見。

彷彿被地面吸了進去，消失於土中。

2

「……幸好我是女扮男裝的指揮官。鎧甲救了我一命。」

遠遠看得見惡魔墳墓的荒野上。

貞德癱坐在地上，驚魂未定地碰觸碎掉的鎧甲。

從胸口到肩膀的裝甲整個凹陷進去。一想到要是沒有這身鎧甲，被機鋼種的子彈射中後果會如何，就令人不寒而慄。

「貞咪沒事吧？」

「……我才要問妳呢。」

「我只有翅膀被射中而已。是很痛，不過沒事。」

鈴娜擔心地注視那道痕跡。

她也一樣摸著自己的翅膀，看起來很痛的樣子。

「我那個時候還在擔心妳會不會沒救了……」

「別講那麼不吉利的話。」

「早知道該讓妳和凱伊獨處一次。對不起，貞咪。」

「這話什麼意思！……真是，我不是說不用擔心了嗎，妳也看見了吧！」

烏爾札人類反旗軍的指揮官清了下喉嚨。

臉頰微微泛紅，站起身，立刻繃緊神情。

「討厭，幹嘛這樣瞪我。」

夢魔姬海茵瑪莉露咕噥道。

當然是故意講給貞德本人聽的。

「第一次見面就被警戒成這樣。我明明是這麼可愛的惡魔。」

「我聽凱伊提過妳。」

「噢，是嗎？那就省下說明的時間了。凡妮沙姊姊大人好像對妳頗有興趣，但我目前對妳一點興趣都沒有。」

夢魔姬持續飄浮在離地表只有數公分的位置正好能跟凱伊視線齊平。

「我有興趣的是這邊這個。」

「妳有興趣的不是我這個人，是我提供的情報吧。」

「對。你很明白人類的立場。我喜歡。」

四隻古代魔在夢魔姬身後待命。

每一隻都淪為機鋼種手下的犧牲品，差點送命，夢魔姬卻輕易復活了重傷的部下。

……從來沒聽說過惡魔會用復活法術。

……這也是正史沒有的獨自進化嗎？

體內混有惡魔族因子的鈴娜，是不是也能使用？

鈴娜不久前回答過凱伊的問題，答案是「辦不到」。那是身為正史居民的鈴娜不知道的法術。

「那麼凱伊，你繼續說吧。你們在西方聯邦跟幻獸族交戰。戰鬥途中，被牙皇傳送過來。你剛才是這麼說的對吧？」

「對。」

「身為幻獸族卻會用法術？」

「這也跟我剛才說明的一樣。不是牙皇用的，推測是跟那傢伙融合的怪物的力量。」

「切除器官呀……」

她的語氣透出一絲不耐。

「妳不相信嗎？」

「三十分鐘前的我不會相信。搞不好會大罵『人類，你竟然想騙我！』。前提是我沒看到剛才那隻鋼鐵種族。」

海茵瑪莉露的焦慮——

是出於世界在自己不知不覺間逐漸變動的這個事實。

……惡魔族以為這是五種族大戰。

……然而事態比想像中更加複雜，已經不只是五種族間的問題。

世上存在切除器官這種怪物。

疑似是因世界輪迴的影響而誕生的機鋼種亦然。剛才打倒的只有一隻，不曉得地底還有幾隻。

……那傢伙一隻就能把五隻古代魔逼到差點全滅。

……跟幻獸族一樣強韌，法力卻強大到能防禦鈴娜法術的怪物。

要是來個十隻，人類反旗軍的據點八成會全毀。

真希望只有那一隻。

「對了，凱伊？」

性感的吐息自妖豔雙唇間吐出。

「你很擔心留在西方（修爾茲）的人類反旗軍對不對？所以你們正在趕往王都（烏爾札克）。你剛才是這麼說的。」

「沒錯。我就直說了，希望妳不要妨礙我們。」

王都烏爾札克以外的地方，全是惡魔的領土。

即使穿越這片荒野，肯定也會被惡魔發現。但對凱伊他們而言，那是必須避開的無謂之戰。

「以妳的身分，應該也能命令部下放過我們。」

「嗯——對呀。如果人類（你們）是為了對抗幻獸族，我不介意幫個小忙。放你們回王都好了。」

夢魔姬手指抵在嬌嫩的嘴唇上，瞇起眼睛。

看似心情愉悅。

「——我是很想這麼說，不過我有另外一個提案。」

「什麼提案？」

「就是呀——」

夢魔姬用吊人胃口的語氣接著說。

不，在她準備開口的時候。

「這……這裡是哪裡啊啊啊啊啊啊啊啊啊啊啊啊啊啊啊——！」

充滿不安的尖叫聲，於荒野迴盪。

聳立於荒野的墳墓——

身材嬌小的精靈，突然從在正史名為封鎖石的栓子封住的洞穴探出頭。

她左顧右盼，怯生生地環視荒野。

「怎、怎麼回事！老身跑了那麼久，好不容易逃出那個詭異的空間，怎麼跑到陌生的荒野了？這裡是修爾茲聯邦的何處！」

身穿由七件薄衣重疊而成的和服。

身材嬌小，美麗的湛藍髮絲卻長及地面。

他們不可能認錯那個身姿。

「怎麼看都是蕾蓮……」

貞德抬頭仰望黑色金字塔。

一臉錯愕，凱伊跟鈴娜亦然。

「看來她也傳送過來了。」

「嗯。不過幸好蕾蓮沒被關進我們剛才在的那個地方。不曉得是不是跟我們一樣，自己找到門了。」

異樣的空間——

逃出前聽見的「某人」的嬌笑固然令人在意，不過——

「蕾蓮，下來。我們在這裡。」

「唔，現在是什麼狀況，那麼多的人類，竟然一個都不剩了！凱伊……凱伊跑哪去了？鈴娜也是，連那個六元鏡光都……」

蕾蓮沒發現他們就在墳墓正下方。

過度著急與不安，導致她似乎沒看見凱伊一行人就在附近。

……這就是所謂的當局者迷吧。

……她完全沒注意到我們。

凱伊試著從墳墓下方對嬌小的精靈揮手。

「喂，蕾蓮。」

「有沒有人在這片荒野裡的！」

「就在妳面前啦。喂——」

「……嗯？」

精靈巫女眨眨眼睛。

靈活地擺動長耳。

「是錯覺嗎？老身好像聽見凱伊的聲音——————……………凱伊！」

站在黑色金字塔中段的精靈一看到他們，就展開雙臂飛快地跑下來。

「嗚啊啊啊啊啊啊──────！」

然後抱住凱伊。

「……蕾蓮？」

「汝會遭報應！汝跑哪去了？竟敢拋下老身……不許放手，不許放手喔！」

她抱著凱伊的背不肯離開，大概是太寂寞了。

至於其他人──

鈴娜和貞德看著這邊的眼神銳利無比。

有多銳利呢？明明她們是在瞪蕾蓮，察覺到那股視線的凱伊卻會覺得坐立不安。

「喂，平胸精靈！妳每次都馬上就往凱伊身上黏！」

「對呀。妳當著我們的面做出這麼大膽的行為，我實在無法置之不理。」

「怎……怎麼？鈴娜和貞德也在啊。」

蕾蓮猛然回神。

「那就簡單了。這裡是哪裡？咱們在西方（修爾茲）的何處？」

「很遺憾，這裡是北方（烏爾札）。」

輕柔的聲音。

夢魔姬海茵瑪莉露把手放在蕾蓮肩上。

「惡魔族（我們）的地盤。妳懂嗎？這裡沒有蠻神族（你們）的容身之處。」

「～～～～～～！」

「該處罰一下踏進這裡的蠻神族嘍。」

「惡魔族！」

精靈巫女發出不成聲的悲鳴，向後跳去。

她硬是扳開夢魔姬的手指，蹲低身子，進入備戰狀態。

「汝——」

「等一下，蕾蓮！」

蠻神族（蕾蓮）準備發動攻擊，惡魔族（海茵瑪莉露）愉悅地看著她。

凱伊介入兩者之間。

「忍著點！這裡是烏爾札領土。跟她打只會不斷吸引惡魔過來。」

「……唔。」

「還有，現在情況特殊。他們也沒有跟我們戰鬥的意思。」

「沒錯。為自己的幸運感到高興吧。」

蕾蓮神情緊繃，海茵瑪莉露則表現出興致全失的態度，深深嘆息。

「蠻神族（妳）漏洞百出，看起來又笨，我也不想跟妳打了。我看妳連當我對手的資格都沒有。」

「說、說老身看起來笨！汝瞧不起老身嗎？」

「胸部又小。精靈真的很平呢。」

「平胸有什麼錯！」

這段對話好像在哪聽過。

不過，沒時間聽其他種族吵架了。

「蕾蓮，我簡短說明一下狀況。」

「唔？」

「再說一次，我們所在的位置是北方（烏爾札）。八成是被拉蘇耶那傢伙傳送過來的。我想回西方跟人類反旗軍會合。」

「是、是啊……」

「可是為此非得通過有惡魔監視的地區。剛才就是在談這個。」

想前往王都烏爾札克。

別妨礙我們——凱伊如此要求，夢魔姬海茵瑪莉露卻帶著意味深長的笑容說。

我有另一個提案。

「海茵瑪莉露，妳剛才說的提案是？」

「你們在趕時間吧？以人類的腳程，得花上好幾天才能抵達王都（烏爾札克）。那樣會不會來不及？」

「…………」

「要是幻獸族有那個意思，西方的人類搞不好會全滅。」

「……那妳的意見是？」

夢魔姬輕聲笑了出來。

還刻意附帶性感的吐息。

「我可以幫忙。」

「什麼？」

「我送你們三個到王都。比人類用腳走更快喔。」

聽見這句話。

凱伊和貞德默默對視。鈴娜及蕾蓮也無法理解她的意圖，愣在原地。

把他們？送到王都？

這位夢魔姬有何企圖？他們完全無法想像。

「…………」

「哎呀，怎麼了？臉這麼臭。」

「反正妳要的代價八成不會是好東西。」

惡魔的低語。

不用想都知道絕對不會是划算的交易。若對方明知道他們情況緊急，就更不用說了。

「不。」

正因如此——

聽見完全沒料到的回答，凱伊不禁懷疑自己的耳朵有沒有出毛病。

「有人命令我這麼做。所以放心吧，我想從人類（你）身上得到的並非代價。是更愉悅的東西。」

1

修爾茲聯邦，西南部。

從日落的天空到地平線之間的一切都染成黑色的世界中，大樓群像在閃爍般熊熊燃燒。

學術都市倫・朱。

在天還亮著的時候遭到亞龍火焰灼燒的都市，依然被橙色烈焰包覆，噴出無數火花。

從廢墟化為塵埃。

曾經是人類生活圈的大樓燒燬，回歸塵土——

「一點問題都沒有。」

堅定的話語。

堪稱斷言的語氣，以及足以支撐那強大的精神力的自信，訴說著這句話絕非虛張聲勢。

「反正這裡只不過是座廢墟。染上幻獸族臭味的大樓沒有價值。我要排除所有的雜種，創造新的人類居住地。」

男人的身影逐漸從紅蓮火焰中走出。

傭兵王阿凱因．希德．柯拉特拉爾雙手拿著厚重的自動手槍，回頭望向身後的學術都市。

——巨獸倒在那裡。

襲擊這座都市的亞龍，趴在火花四起的地面上。

不曉得是如何擊倒牠的。

擁有希德之名的男人毫髮無傷。連在空中飄舞的火星都碰不到他。

「先是幻獸族。接著是惡魔族、聖靈族、蠻神族……」

他抬頭看著灼燒黑夜的業火。

低聲說道。

「不過，怎麼回事？」

男子精悍的面容微微扭曲。

「讓四種族從這個世界上消失，就是為人類帶來繁榮的勝利條件。我記得你是這麼說的。」

『——』

「回答我，光帝伊夫。不存在於歷史上的種族是怎麼回事？」

『機鋼種。第六種族。』

具有威嚴的老者聲音憑空響起。

巨大「頭部」模糊的輪廓混雜在夜晚繁星的星光中，浮現於天空。

宛如空有一顆頭的古代石像。

『我的預言不是預知未來。是引導未來的言語。』

「我知道。」

『幻獸族（拉蘇耶）的英雄犯下了不可觸犯的禁忌。世界想必很快就會崩壞。情況之所以跟我們預言神授予的預言有差異，原因就在於此。』

「…………」

『命運的逆襲開始了。「希德」啊，你必須勝過命運。』

＝

悠倫聯邦。

月光照亮的白色荒野上——

『預言神（我們）就是為此存在的。』

「……我們？」

『預言神（我們）分別象徵過去、現在、未來。光帝伊夫、祈子阿絲菈索拉卡，以及我——命運龍密斯加謝洛。』

月光下，一名少女的身影浮現。

『不過勝者會是妳，特蕾莎。我的預言乃至言，與我同行的妳，方為人類的救世主。』

「我是這麼想的。」

人類兵器特蕾莎・希德・菲克。

光腳穿著涼鞋，身上只有一件破舊的法袍。打扮如此寒酸，被月光照亮的銀髮卻美得像透明一樣。

如同剛從天空降下的新雪的淡銀白色。

「無論是哪種種族企圖妨礙我，我都會解放人類。」

——聖痕。

額頭有著象徵法力存在的痣的少女不斷前行。

前往西方。

「為了達成那個目的，真想快點拿到世界座標之鑰。」

『現在的持有者沒資格擁有世界座標之鑰。因為那個人並非適合被預言神引導之人。』

「沒被選上。是這個意思吧？」

『正是。』

「真可憐。」

她邊走邊哼著歌。

「那麼弱小的人類，竟然一直拚命守護著世界座標之鑰。我得趕快接手才行。」

『從今以後，世界會渴求妳和命運龍吧。』

伊歐聯邦。

廣大的精靈森林——

默默聳立於遠離蠻神族巢穴的地區的藍色大聖堂內。

『貞德，無須畏懼。』

純白的巨大女神像發出聲音。

『妳有我在。』

一位預言神。

祈子阿絲菈索拉卡，用萬物都無法察覺的細微聲音訴說。

『妳不是希德。不過，妳擁有有資格談論未來的意志。理應能帶領人類。』

然後——

『凱伊。』

她的語氣慈祥無比。

身穿長袍的人類女性石像，緩緩接著說道。

『我不知道希德為何將世界座標之鑰藏在惡魔的墳墓……但我誠心感謝你找到它。』

帶著那名少女——

拿著世界座標之鑰——

遭世界遺忘的少年，會被命運的漩渦捲向何方？

『凱伊，真想早點遇見你。』

2

烏爾札聯邦，東北部——

包圍惡魔墳墓的荒野，也被夜幕籠罩。

草木蟲都沉沉睡去的深夜。

「時間正好。」

打破寧靜的，是身材嬌小卻豐滿的夢魔。

「辛苦了，各位。」

夢魔姬海茵瑪莉露招招手。

以此為信號，在空中飄浮的惡魔們同時落地。

總共二十隻小惡魔。每隻體長都在數十公分左右，站起來也只到凱伊的膝蓋。

惡魔族裡面最弱小的種族，也只有一點法力。會用的法術僅此一種。不過那個法術在所有法術中，屬於難度特別高的時空干涉系。

「轉移咒法……」

一大群小惡魔降落在地面。

貞德看了他們一眼，不悅地癟著嘴。

「貞德，妳真的不介意？」

「謝謝你，凱伊。說不介意是騙人的。我還是會抗拒……」

貞德露出淡淡的苦笑。

她依然板著一張臉，雙拳緊握。

……這也不能怪她。

……因為這些傢伙的轉移咒法，一直害她吃盡苦頭。

現在則相反。

惡魔族（海茵瑪莉露）建議用小惡魔的轉移咒法，將他們傳送到王都烏爾札克。

……轉移咒法只能轉移到施術者知道的暢所。

……王都被惡魔族支配了好幾十年，所以這個條件也能解決。

真諷刺的建議。

而這肯定是夢魔姬海茵瑪莉露推測出人類的心境，故意提出來報復人類的。

「好了，你們幾個。」

夢魔姬海茵瑪莉露打了個響指。

「讓這些人類見識你們的力量。」

清脆的鈴聲響起。

每隻小惡魔都舉起手中的鈴鐺，圍成圓陣。圓圈中浮現黑色圓環。

「凱伊。」

蕾蓮謹慎地觀察這個景象。

「再問一次，惡魔（這些傢伙）真的可信嗎？」

「…………」

「汝在精靈森林不也看過？使用轉移法術的陷阱可是很凶惡的。小惡魔的轉移咒法也一樣，沒人知道會被傳送至何處。可能會被扔進火山口裡，也可能被扔進魔獸的巢穴。」

「——我聽得見喔。」

海茵瑪莉露回過頭。

看見蕾蓮光明正大說出疑惑，她不但沒生氣，反而覺得這個態度令人神清氣爽的樣子，語氣輕快。

「我不是說了我也會一起去嗎？還有給我記住。惡魔（我們）族跟蠻神（你們）族不一樣，做事不會兜那麼多圈子。」

惡魔族是最好戰的種族。

不會用陷阱之類的東西，而是使用強大無比的法術壓制、蹂躪對方。海茵瑪莉露那句話，與凱伊所知的惡魔族特徵一致。

……應該不是騙人。

……她真的打算送我們到王都。

「王都（烏爾札克）很遠，所以得花一些時間連接上。對了，凱伊。」

轉移咒法的圓環逐漸擴大。

夢魔姬瞥了它一眼，轉頭望向凱伊。

「你以為我沒發現你一直在看我嗎？嗯——難道是魅惑差不多要生效了？」

「夢魔的幻惑系法術是直接碰觸人類發動的接觸型。我從來沒碰過妳。」

「什麼嘛，你真清楚。」

不好玩。

惡魔族的第二把交椅誇張地聳肩，表現出這個態度。

「那你有什麼事？你一臉有話想說的模樣。」

「我問過好幾次了。是誰命令妳的？」

「祕密。」

海茵瑪莉露得意地微笑。

彷彿在說凱伊這麼關心這件事，她感到十分愉悅。

「我剛才不也回答過了？怎麼？這麼好奇呀？」

「哪可能不好奇。」

『我送你們三個到王都。』

『有人命令我這麼做。所以放心吧，我想從人類（你）身上得到的並非代價。是更愉悅的東西。』

太奇怪了。

有人命令這位夢魔姬？是誰？

繼承冥帝凡妮沙的英雄級惡魔，究竟是被誰命令的？

……而且還是命令她協助人類（我們）？

……怎麼想都不真實。

還是說她在騙人，想看自己煩惱？

兩人默默互瞪了一會兒。

「——————」

凱伊將視線移向墳墓。

背對惡魔們，往前走了幾步。

「不跟我互看啦？」

「我忘了東西。」

他緊盯著腳下。

要在黑夜中凝視地面並不簡單，幸好後方有轉移咒法的圓環可以當成光源。

「欸欸欸，凱伊，你怎麼了？」

「有東西掉在地上？」

鈴娜從後方追上他。

凱伊在她前面蹲下，撿起地上的黑色碎片。

「那是——」

「白天跟我們交戰過的機鋼種的碎片。雖然大部分都自毀，變成細小的沙粒了，幸好還留有這塊碎片……就算只有這麼點證據，總比沒有好。」

「那場戰鬥的證據？」

「如果只有跟我們戰鬥過的那一隻，就只是我杞人憂天了。」

那可是光一隻就讓人不知所措的怪物。

若還有其他隻，對五種族的每一種來說都將是威脅。

而且，那隻鋼鐵機械生物會在地底移動。無法分辨牠何時會侵略哪座聯邦。

『大始祖操弄了命運。』

『你也在尋找引發世界輪迴的元凶吧？』

若要相信牙皇拉蘇耶所說的話。

凶惡的第六種族，是受到世界輪迴的影響而誕生的。

「鈴娜。」

「什麼事？」

「妳聽過『大始祖』嗎？」

他小聲詢問，將音量壓低到只有鈴娜聽得見。

「拉蘇耶之前說過，跟切除器官（遺孩子）聯手是為了向大始祖復仇。」

「嗯。可是我沒聽過什麼大始祖。」

「我也是。」

不存在於正史。

至少人類庇護廳的紀錄中，沒留下能從那個詞類推出來的生物。

……怎麼可能。

……因為牙皇說「世界輪迴是大始祖引發的」。

世界輪迴是在正史發生的現象。

那麼「大始祖操弄了命運」，理應也是發生於正史。也就是說，大始祖在正史存在過。

「我無法理解怎麼會連我們都沒聽過。人類的紀錄裡面沒有線索，未免太詭異了。」

「嗯。不過……」

鈴娜歪過頭。

「我和你所在的正史，只有五種族大戰吧？」

「…………」

「你相信那個獸人說的話嗎？」

「妳不也看到了？那傢伙表情那麼認真，我不認為他在說謊。」

『那些傢伙是潛伏於歷史另一側的支配者。』

充血的雙眼。

凶狠的語氣及滿溢而出的殺氣。沒道理要那麼氣勢洶洶地說謊。

……假如拉蘇耶沒騙人。

……世界輪迴的元凶，就是那個大始祖。

終於。

儘管只有名字，終於找到世界輪迴的元凶了。

既然如此，五種族只是被牽連進來的？

牙皇拉蘇耶為了向引發世界輪迴的大始祖復仇，接受了切除器官。

「等等。若真是如此，那先知希德的立場又是？」

凱伊仰望淡灰色的天空。

四種族的英雄都提過正史的先知希德。但每個人所說的話都太過零碎。

冥帝(凡妮沙)收下了希德之劍。

——那傢伙（希德）預知了這個世界即將發生的異變。

主天（艾弗雷亞）從希德口中得知某個祕密。

——那東西存在。不對，是「理應曾經存在」。希德是這麼和我說的。

靈元主（六元鏡光）聽過希德的自白。

——命運開始逆襲了。全都是因為我。是我犯下的過錯導致的未來。

牙皇（拉蘇耶）指著希德之劍說。

——沒錯。希德用那把劍破壞了歷史。

全都像拼圖的碎片一樣零散，並不完整。

不過，同時也隱約看得出一件事。

靈元主（六元鏡光）和牙皇（拉蘇耶）的證言指出的事實。

就是「先知希德為自己的過錯感到後悔」。

不曉得是什麼樣的過錯。

……希德，你在後悔什麼？

……領導人類的英雄，為何會說出「我犯下的過錯」這種話？

再加上希德還預知了世界輪迴即將發生。

而世界輪迴是牙皇（拉蘇耶）稱呼為大始祖的人引起的。既然如此，可以從中推測出什麼？

「————」

經過一陣漫長的沉默。

「……到頭來，最初的疑問或許是最重要的。」

「凱伊？」

「我在想，我在正史所做的努力，果然不是白費。」

鈴娜疑惑地抬頭看著他。

凱伊輕輕點頭。

「我必須調查的情報不是世界輪迴，也不是切除器官。是正史的先知希德。一開始就該調查清楚，那位英雄在正史做了什麼。」

「……為什麼？」

「因為他大概是唯一的目擊者。」

凱伊直指前方。

指著比夜色更加深沉的漆黑金字塔回答。

「我猜，只有希德在正史看過大始祖吧？」

同一時間。

世界大陸的最西邊，修爾茲聯邦——

人類反旗軍的本部庫連馬德魯電波塔，瀰漫前所未有的緊張及不安。

「米恩指揮官！鐵屑之都（亞基特）傳來緊急聯絡，市內的礦山一帶被一群不明怪物包圍！」

一名傭兵氣喘吁吁地從通訊室跑到司令官辦公室。

聽見他衝進來後說的第一句話，在場的隊長們同時繃緊神情。

「槍械跟火藥無效，部分戰線已經崩壞！再這樣下去，天還沒亮鐵屑之都（亞基特）就會壞滅……！」

「這、這是怎麼回事！古連通訊兵！」

女司令官用力拍桌，藉著反作用力一口氣起身。

米恩斯特朗姆．休爾汀．畢斯凱緹。

率領西方（修爾茲）傭兵的年輕少女，已經臉色鐵青。

「你不是剛剛才報告過，聯絡不上巴爾蒙克指揮官和貞德指揮官兩部隊嗎！這、這也是同一件事……？」

「米恩指揮官，請冷靜。」

擔任指揮官輔佐的老兵，用沙啞的聲音告誡她。

代替這名少女實際負責指揮的古林格茲總隊長，將兩手放在桌上皺起眉頭。

「兩位指揮官的目的地是聯邦西南部。而鐵屑之都（亞基特）在東部。方向幾乎完全相反，不太可能是同一起事件。」

「那、那麼……」

「古連通訊兵。」

老兵瞪向站在門前的士兵。

「『不明怪物』是什麼意思？槍械跟火藥無效，代表是未確認的幻獸族？」

「……不清楚。」

「你說什麼？」

「是跟鐵塊一樣的怪物！全身像鋼鐵或機械，連在鐵屑之都（亞基特）駐守的士兵都說沒看過那種生物！」

「────」

辦公室陷入一片靜寂。

米恩指揮官、古林格茲總隊長，以及在場十名以上的統括隊長都啞口無言。

「怎、怎麼一直遇到狀況……巴爾蒙克指揮官和貞德指揮官下落不明。現在又出現從未見過的新種族……」

少女哀號道。

緊張的吶喊聲，於辦公室內迴盪。

「這個聯邦到底發生了什麼事！」

後記

關於「神罰」一詞——

一般來說都是指超常的神明給予的制裁，在這邊則相反，我試著用「懲罰（報復）神明」的一隻野獸（拉蘇耶）當成副書名。

希望能讓各位感覺到劇情一口氣推進了。

感謝各位購買《為何我的世界被遺忘了？》（簡稱《世界遺忘》）第四集！

這樣一來，五種族大戰的敵對種族就全部登場了，之前都是一位英雄＝一集的模式，不過這次的幻獸族第一次接續到了下一集。我想「第六種」前來亂入，就是種族抗爭規模愈來愈大的證明。

當然，《世界遺忘》的世界觀預計還會繼續擴大。

之後還有好幾個大事件，敬請期待預計十月出版的第五集。

接著是漫畫版的消息——

由ありかん老師繪製的《世界遺忘》，在月刊Comic Alive連載中。

最新話可以免費在NICONICO靜畫、ComicWalker上看到，值得開心的是漫畫版評價也不錯。ありかん老師的作畫真的很厲害，世界輪迴的魄力、凱伊拿到世界座標之鑰的那一幕，美到希望大家都去看一下。

漫畫版《世界遺忘》第一集——

配合小說第四集，在六月二十三日發售！

小說和漫畫都請各位多多關照！

在下一集發售前，若各位不嫌棄，請容細音在此介紹同時進行的其他作品。

●Fantasia文庫

《這是妳與我的最後戰場，或是開創世界的聖戰》（簡稱《最後聖戰》）

在戰場兵刃相向的劍士與魔女公主的傳奇奇幻故事。

主角和女主角不僅是敵對關係，同時也是勁敵。兩人究竟會有什麼樣的進展——基本上就是如此特別的世界觀。這部作品也接連決定漫畫化&廣播劇化，狀況絕佳。

預計今年夏天會出第五集，記得關注消息喔！

寫到這邊，篇幅也剩不多了。

感謝用帥氣無比的插畫為本作增添色彩的neco老師，我個人覺得六元鏡光非常可愛！

總是給予我各種建議的責編N大人，託您的福漫畫版也開始連載了，今後我也會繼續努力！

最需要感謝的是願意拿起本作閱讀的各位讀者，細音在此致上深深的謝意。

但願——

能在今年夏天發售的《最後聖戰》第五集。

以及十月發售的《世界遺忘》第五集跟各位見面。劇情也會變得更加緊湊，敬請期待！

於某個春日的中午　細音 啓

https://twitter.com/sazanek　※我會在推特上公布新書上市的消息！

（註：以上時間皆為日版狀況）

NEXT

世界的真相開始嶄露，
面對從未有人見過的
「第六個種族」，凱伊將會——？

為何我的世界被遺忘了？

Phy Sew lu, ele tis Es feo r-delis uc I.

鋼之墳墓

第5集敬請期待！

無職轉生～到了異世界就拿出真本事～ 1~20 待續

作者：理不尽な孫の手　插畫：シロタカ

魯迪烏斯帶著喪失心神的塞妮絲回去。
但等待著他們的竟是極為蠻橫的要求！

魯迪烏斯與札諾巴一同從西隆王國回到了拉諾亞王國，每天都為打倒人神而進行布局。就在那樣的某天，從魔法大學畢業的克里夫收到了米里斯神聖國的祖父寄來的一封信。與札諾巴那時相同，魯迪烏斯懷疑這是人神的陷阱，卻沒想到他手上也收到了信……！

各 **NT$250~270/HK$75~90**

在流星雨中逝去的妳 1~4 待續

作者：松山剛　插畫：珈琲貴族

以「夢想」與「太空」為主題的感人巨作，
驚天動地的第四集！

「Europa」出現在大地等人面前，彷彿呼應了伊緒說的「我聽說大流星雨的主謀就在這間高中」。形跡詭祕的黑井冥子與大地接觸，她有什麼令人震驚的真面目？遙遠太空傳來的「加密文章」；神祕的線上遊戲《GHQ》；大流星雨的「真凶」終於現身——

各 **NT$250/HK$83**

西野～校內地位最底層的異能世界最強少年～ 1~3 待續

作者：ぶんころり　插畫：またのんき▼

榮獲「這本輕小說真厲害2019」第6名！
凡庸臉與金髮蘿莉於異國之地遇上新的對手!?

校慶結束後，西野接下拍檔馬奇斯的委託前往海外出任務。與此同時，二年A班的同學們也策劃了飛往外國的畢業旅行，一行人碰巧於異國之地重逢。西野與蘿絲的關係出現一大進展的海外旅行篇，TAKE OFF！

各 **NT$200~250/HK$67~83**

國家圖書館出版品預行編目資料

為何我的世界被遺忘了?. 4, 神罰之獸 / 細音啓作 ; Runoka 譯 . -- 初版 . -- 臺北市 : 臺灣角川股份有限公司 , 2021.01
面 ; 公分 . -- (Kadokawa fantastic novels)
譯自 : なぜ僕の世界を誰も覚えていないのか? . 4, 神罰の獣
ISBN 978-986-524-193-3(平裝)

861.57 109018339

Kadokawa
Fantastic
Novels

為何我的世界被遺忘了？ 4
神罰之獸

（原著名：なぜ僕の世界を誰も覚えていないのか？ 4 神罰の獣）

2021年1月25日 初版第1刷發行
2024年7月3日 初版第2刷發行

作　　者：細音啓
插　　畫：neco
譯　　者：Runoka

發 行 人：台灣角川股份有限公司
總　　監：呂慧君
總 編 輯：蔡佩芬、朱哲成
主　　編：林秀儒
設計指導：陳晞叡
美術設計：李思穎
印　　務：李明修（主任）、張加恩（主任）、張凱棋、潘尚琪

發 行 所：台灣角川股份有限公司
地　　址：104台北市中山區松江路223號3樓
電　　話：(02) 2515-3000
傳　　真：(02) 2515-0033
網　　址：www.kadokawa.com.tw
劃撥帳戶：台灣角川股份有限公司
劃撥帳號：19487412
法律顧問：有澤法律事務所
製　　版：尚騰印刷事業有限公司
ISBN：978-986-524-193-3